KB192826

볼인지 스트라이크인지 몰라도

후회 없이 살았습니다

지은이 **유수임**

단국대학교 문예창작학 박사 졸업을 앞두고 있고, 호주 시드니 동그라미 문학회 회원으로 활발하게 활동하고 있다.

『한국미소문학』 수필 부분에 당선되어 수필가로 등단한 지 12년이 되었다.

Australian Music Exam Board Teacher로 많은 학생을 음악대학에 입학시켰다.

Australian JP(Justice of the Peace)로 활동하고 있으며, YOO SU IM Music Studio를 가지고 있다.

볼인지 스트라이크인지 몰라도 후회 없이 살았습니다

© 유수임, 2024

1판 1쇄 인쇄__2024년 10월 20일
1판 1쇄 발행__2024년 10월 30일

지은이__유수임
펴낸이__양정섭

펴낸곳__예서
      등록__제2019-000020호

제작·공급__경진출판
      이메일__mykyungjin@daum.net
      스마트스토어__https://smartstore.naver.com/kyungjinpub
      사업장주소__서울특별시 금천구 시흥대로 57길17(시흥동, 영광빌딩), 203호
      전화__010-3171-7282 팩스__02-806-7282

값 17,000원
ISBN 979-11-91938-81-4 03810

유수임 산문집

볼인지 스트라이크인지 몰라도

후회 없이 살았습니다

유수임 지음

"엄마 팔은 12개 달려 있어요!"
"아마도, 엄마 팔이 15개면 될 것 같아요!"

나는 야구를 좋아합니다.

내 인생 45년 동안 시드니에서 살면서 가슴 깊숙한 곳에서 솟아오른 뜨거움과 열정으로 볼인지 스트라이크인지 몰라도 후회 없이 살았습니다. 이제 9회 말 유수임 선수 3루 라운드를 돕니다. 마침내 완벽하게 홈으로, 홈으로 날아 들어옵니다.

숨 막히게 뛰는 야구, 땅볼, 미끄러지고, 넘어지고, 엎치락뒤치락…. 그렇게 내 삶도 볼인지, 스트라이크인지 몰라도 후회 없이 휘둘렀습니다.

내 불혹의 나이는 3살 난 딸아이의 그림같이 바쁘게 살아야만 했습니다.

"아마도, 엄마 팔이 15개면 될 것 같아요!"

맞아요. 딸아이 말처럼 내 팔이 그만큼 있었어야 했으니까요.

그렇게 바쁜 엄마를 보고 딸이 그린 그 그림을 보고 있노라면 너무 큰 의미로 다가와 이 글을 쓰면서도 제목마다 그리움의 눈물이 났습니다. 삶이 무엇인가! 천년은 산 듯합니다. 이 그림의 장면을 몇 번을 다시 돌아보아도 소름 돋을 정도로 딸아이는 잘 알고 있었던 것 같습니다.

유수임 빅볼!!! '볼인지 스트라이크인지 몰라도 후회 없이 쳤습니다'. 유수임의 가족 운명은 그녀에게 달렸습니다. 이것이 나의 인생입니다.

책이 나오기까지 격려와 용기를 주신 여러 선생님께 진심으로 감사드립니다. 특별히 서평의 귀한 글을 써 주신 시인이자 극작가이신 단국대 대학원 문예창작학과 박용재 초빙교수님께 감사드립니다. 바쁘신 일정 속에서도 끝까지 할 수 있도록 예쁜 책으로 만들어주시고 여기까지 올 수 있도록 격려해주신 양정섭 대표님께도 깊이 감사드립니다. 두 분의 겸손하심을 많이 배울 수 있었던 기회, 또 저에게는 기쁨이었습니다. 여기까지 올 수 있도록 용기를 주신 하늘에 계신 하나님과 어머니께 감사드립니다.

2024년 10월

유수임

차 례

나부코, 〈히브리 노예들의 합창〉 1

오페라 나부코 중에 〈히브리 노예들의 합창〉 3막 2장은 세상에서 인권을 유린 당한 사람들과 억압받아 온 민족을 위로하는 디아스포라 오페라이다. 이는 진정한 프로의 모습은 다르다는 것을 느끼게 해주었다. 이 곡은 베르디가 작곡한 아름다운 멜로디와 희망찬 가사로 '가라 그리움이여, 황금빛 날개를 타고'는 그에게 큰 명성을 준 작품이기도 하다. 오페라에서는 도입부, 즉 서곡을 다 듣고 나면 다채롭고 짜임새 있는 오페라가 흥미를 더해준다. 이 음악 3막 2장에서 합창단원의 내적 변화가 드러나며 고향에 대한 그리움이 담긴 듯한 슬픈 눈빛으로 끝까지 연기하고 있는 모습을 보면서 전율이 느껴졌고 감동을 주었다. 합창단원들은 무대에 앉아서, 혹은 서서, 때로는 누운 자세로 노래해 가족과 나라를 잃은 슬픔이 무엇인가 알게 해주었다. 이는 동시에 공간과 시간을 초월하여 구원과 희망이라는 메시지로 그야말로 압권이었다. 이 오페라는 의상과 거대한 무대가 관전 포인트였다. 합창단의 표정은 전율을 느끼기에 충분했다. 이 노래가 2600년 전 디아스포라 위로의 노래라고 해서 3인칭 관찰자 시점(Observant third-person)에서 멀리 떨어져 보는 사람은 아마도 없을 것이다. 나는 2002년 뉴욕 메트로폴리탄 오페라단의 나부코 오페라공연을 보기 위해 뉴욕을 갔다. (지휘 제임스 레바인) 레바인은 방대한 레퍼토리를 자랑하는 드라마틱한 박력이나 추진력이 넘치는 지휘자이자 피아니스트이다. 뉴욕을 간 것은 거주국(Settled Country) 문화와 고국의(Homeland) 문화에서의 이중정체성이 오랜 세월 넘게 내 가슴에 자리를 잡고 있었다.

이 오페라는 연출자의 의도가 있는 듯하다. 연기는 하지 않고 오직 음악만으로도 관객들의 몰입도를 높여, 절망 속에서 희망을 품게 하는 멋진 느낌을 준다. 이 오케스트라가 펼쳐내는 음과 대규모의 합창단이 노래하는 강렬한 색채는 깊은 여운을 준다.

이는 60년 동안 유대인들이 포로로 잡혀 지금의 이라크 바빌론에서 겪었던 성경 속 '바빌론 유수'*를 바탕으로 하고 있어 노예의 서러움과 그들의 절망을 잘 나타내고 있다. 뉴욕 메트로폴리탄 오페라단의 공연은 내가 미국에 살 때 몇 번 현장에서 보았다. 그때 그 매력을 느끼고 싶은 것이 내가 뉴욕 가는 목적이다. 나부코의 이번 무대는 돌계단으로 만들어져 웅장하고, 그 어디에서도 느끼고

---

* 바빌론 유수(-幽囚, 영어: Babylonian captivity, Babylonian exile)는 기원전 597년 유다 왕국이 멸망하면서 치드키야 왕을 비롯한 유대인들이 신바빌로니아 제국의 수도 바빌론에 포로로 잡혀간 사건을 말한다.

볼 수 없는 역사적인 무대였다.

　바빌론 유프라테스강 강가에 앉아 시온 요단강을 그리면 고향 땅을 잃고 절망한 얼굴과 고단한 삶을 절규하듯 노래하였다. 공연 중에도 그들의 얼굴로 연기는 계속되었다. 고향을 그리워하듯 그리움이 절절하고 생생하여 감동적이었다. 진정한 프로의 자세가 너무나도 멋지다.

　베르디가 이 오페라를 작곡할 당시 이탈리아는 스페인과 오스트리아의 지배를 받아 자유를 원하던 때였다. 이탈리아의 통일에 도화선이 된 '나부코'는 이탈리아 해방에 많은 의미를 던져주었다. 그러므로 이탈리아 국가(마멜리 찬가)보다 이 노래를 더 잘 알고 있어 이탈리아인들의 제2의 국가라고 할 정도다. 한국의 디아스포라의 아픔은 900회나 외세 침략을 받았다고 역사는 기록하고 있다. 강대국은 힘으로 민족들을 노예로 전가한다. 일본인들에 의해 끌려가 성노예가 된 위안부들의 동상 '평화의 소녀상'은 이국땅 나라 곳곳에 세워져 디아스포라로 살아가는 한 많은 민족의 아픔을 다시 기억해보는 시간이었다. 한국 사람들도 이 나부코 합창을 듣고만 있어도 가슴이 뛸 것이다. 메소포타미아 문명의 발상지에서 유대인의 시련을 그린 이 합창, B.C.586년 바빌로니아의 예루살렘 정복 이후 포로가 된 히브리인의 노래이다.

　팝송 '보니 엠'의 노래 〈Rivers of Babylon(바빌론의 강가)〉은 성경 시편 137편을 바탕으로 한 것이다. 이 두 노래를 깊이 있게 논하려는 것은 현재를 살아가는 우리에게 어떠한 의미가 있는가를 생각해

보기 위해서이고, 21세기에 사는 우리에게 주는 메시지는 무엇인가 생각해보자는 것이다. 바로, 이 세상에 억압받던 사람들의 심정을 담아 노래하고 있어 지금도 무대에서 연출되고 있다. 아직도 디아스포라의 역사는 끝나지 않았다. 정든 고향 땅을 떠나 낯선 땅에서 삶을 살아가는 그들이 세상 곳곳에서 삶을 유지하고 있기 때문이다. 언젠가는 그들도 히브리인들처럼 낯선 땅을 벗어나 고향 땅을 밟기를 바라면 합창 공연을 보면 한층 공감력을 얻겠다는 생각을 했었다.

나부코, 〈히브리 노예들의 합창〉 2

: 5대 그랜드 캐논(Salt Lake City Utah)

시드니에서 한국으로 가족을 만나 함께 뉴욕여행을 떠났다. 유럽여행을 다녀온 지 얼마 안 되어 편하지는 않았으나 이것저것 따지다 보면 가지 못할 듯하여 과감하게 떠났다. 시드니에서 그 공연을 기다려도 볼 기회는 좀처럼 오질 않았다. 2017년 시드니 오페라 하우스에서 오페라가 아닌 합창 공연만 보았다. 오래전 한국에서 피아노 선생님과 함께 이 오페라를 호소력 짙은 합창으로 노래한 국립오페라단의 공연을 본 적이 있다. 그때 무대연출은 모두 한국식으로 되어 있었다. 오페라는 무대마다 다르다. 그래서 '나부코'라고 해도 완전히 다른 느낌이다. 뉴욕에서 멋진 공연을 보고, LA로 건너가 하룻밤을 잤다. 그 유명한 갤러리 MoCA, Hammer Museum, Getty Villa와 Getty Center를 구경했다. 엄마와 함께 이 매직 쇼를 보았더라면 '얼마나 좋아했을까!'를 생각하니 미안하기도 했다. 우리는 5대 그랜드 캐논을 가기 위해 '솔트래크(Salt Lake City Utah)'로 갔다. 유타주 남서부에 있는 5대 그랜드 캐논에 도착했다. 다음 여행을 위해 솔트래크 공항에서 차로 40분 걸리는 '프로보'에 사는 친구 집으로 갔다. 우리는 소금의 바다에 가서야 '솔트래크'라는 이름이 붙여진 것도 알았다. 그 친구는 남편이 암으로 죽었다. 5대 그랜드 캐논은 멋지고 고풍스러운 돌들로 인간이 감히 상상조차 못 할 정도로 흰색과 붉은색 바위들이 조화를 이루며 병풍처럼 우뚝 솟아 있었다. 우리는 시간 관계로 어쩔 수 없이 그 웅장한 모습을 길에서 볼 수밖에 없었다. 샌프란시스코에서 하룻밤을 자고 하와이로 가 맛있는 해산물을 먹었다. 하와이는 집집마다 정원을 아름답게 가꾸어 놓았다. 그렇게 정원을 꾸미지 않으면 벌금을 문다고 한다. 지난해 왔을 때가 생각이나 레스토랑에 가서 게맛살을 맛있게 점심으로 먹고, 옛날에 이미 본 이승만 초대 대통령이 거주했던 집을 방문했다. 관광지로 이름난 12나라 민속촌을 방문했다. 그리고 다음 날 엄마를 위해 선물을 사서 한국으로 오기 위해 LA로 갔다. 공항에서 대한항공에 탑승하기 위해서 의자에 앉았다. 예쁜 아가씨 목소리로 방송했는데 내 이름을 불렀다.

"유수임님! 오늘 비즈니스 클래스에 당첨되셨습니다. 축하합니다."

'대한항공 특별 프로모션인가!' 생각하고 물어보지는 않았다. 나는 그렇게 처음으로 비즈니스 클래스를 타고 한국으로 왔다. 앞으로는 돈 좀 벌어 비즈니스 클래스만 타고 싶을 정도로 서비스가 좋았다.

나는 가족과 헤어지고 시드니 집으로 왔다. 집을 키커준 뉴질랜드 친구에게 선물을 주고 생활비로 준 카드 명세를 보니 얼마나 마음대로 썼던지 입이 딱 벌어졌다. 나는 나부코의 〈히브리 노예들의 합창〉을 음반으로 틀어놓고 나의 디아스포라의 시드니 생활을 신나게 시작했다. 내가 뉴욕에 갈 그 당시 나는 오페라에 미쳐 있었다.

나의, 석촌호수

"고향에, 고향에 돌아와도 그리던 고향은 아니러뇨."

정지용 시인의 「고향」이란 시가 잠시 생각이 났다. 두바이에서 오기 하루 전, 나는 잠을 이루지 못했다. 이번에 한국에 가면 내가 살았던 석촌호수에 꼭 가보고 싶다는 충동을 느끼면서 이런저런 생각이 나서였다. '내가 살던 그곳은 옛날 모습이 남아 있을까! 얼마나 변했을까!' 내 가슴은 뛰기 시작했었다. 한국행은 항상 나를 추억의 장소로 이끌어준다. 한국에 도착한 다음 날, 호주에 들어가기 전, 시간이 여유가 있어 석촌호수에 갔다. 내가 살던 집이 궁금해서 가보았지만, 시인이 말한 것처럼 '그리던 고향은 아니러뇨'였다.

나는 호주에 이민 가기 전 오랫동안 송파나루 공원 내에 있는 석촌호수가 바라다보이는 집에서 살았다. 지금은 그곳은 내가 살던 집이 어디에 있었는지도 모르게 바뀌어 있었다. 개발이 이렇게 사람의 마음을 허망하게 하는 줄 몰랐다. 석촌호수는 산업 시대와 같이 내리막길을 치달려 40년 전의 그 모습을 잃어버린 풍경 속에서, 지금은 개발이란 것에 밀려 부의 상징이 되어 있었다.

한국에 살 때 내 집 가까이에는 부모님, 오빠네 가족 그리고 여동생 가족이 살아서 즐거웠고 재미도 있었다. 석촌호수가 더 그리운 건 가족과 많은 추억이 있었기 때문이다. 청국장에 새우, 꽃게 그리고 바지락을 넣어서 끓인 해물 청국장을 좋아해서 자주 먹으며 가족의 안부를 묻곤 했었다. 지금도 가장 생각나는 음식이 소라구이와 해물 청국장이다. 역시 포장마차의 추억은 아름답다. 특히 소라는 초고추장에 찍어서 홍합 국물과 함께 먹으면 속이 시원해 좋았다. 그 맛은 마치 부산과 포항에서 해물을 먹었던 그 매력의 맛이 추억으로 기억된다.

지금으로부터 45년 전 석촌호수는 청아하고 고요했다. 잠실이 개발되어 물길을 막은 것이 바로 이곳이다. 그때의 석촌호수는 한강의 본류였다. 잠실의 섬 이름은 '하중도'였다. 석촌호수는 사람들의 삶과 영혼에 생기를 불어넣어 준 엄마와 같은 따뜻한 곳이었다. 바쁜 일과에 지친 송파 시민들에게는 다양한 방법으로 휴식과 산책을 취할 수 있는 오아시스와 같은 곳이었다. 하지만, 지금 내가 보고 있는 이곳 롯데월드라는 대형 건물이 바로 그때 그 자리에 우뚝 서 있다. 석촌호수는 그때와는 바꿀 수 없는 그 무엇으로 탈바꿈해 '상전벽해'가 되어 있다.

그곳은 안정적으로 생태계가 유지돼 있었다. 이따금 영화의 한 장면을 방불케 하는 명장면처럼 새들이 물고기들을 낚아채는 모습도 볼 수 있었다. 정겨운 오리 떼가 평화롭게 놀기도 했다. 흑 백조가 예쁜 자태로 물 위에서 놀 때, 어디선가 '슈베르트 예술가곡 백조의 호수'가 들리듯 정겨웠다. 이곳에서, 어떤 이들은 낚싯대를 꽂아 놓고 잠이 들고, 더러는 코를 골며 잠을 자기도 했다. 물고기들이 수면 위로 떠오르고, 때로는 고요히 헤엄치는 녀석들도 있었다. 주말이면 축제 분위기가 보장된 곳, 데이트족들은 데이트하기 적격인 석촌호수로 몰려들었다. 연인들이 손에 손을 잡고 쌍쌍이 거닐며 사랑을 나누는 모습도 아주 아름다워 보였다. 우리도 그때는 그렇게 젊음을 마음껏 즐겼다. 그곳은 청둥오리, 거위, 오리 떼가 평화롭게 놀고 있었고 비단잉어와 붕어가 많았다. 어린아이들이 아빠 엄마 손을 잡고 새들과 물고기들에게 빵으로 먹이를 주며 즐거워하는 모습은 또 하나의 좋은 추억의 장면이었다. 중년 남자들은 생각을 정리하듯 석촌호수 주위를 거닐던 모습도, 현대인의 고뇌를 씻어 버리고 힐링하기에 아주 좋은 장소였다. 게다가 뻥뻥이, 공놀이, 그리고 제기차기 등등 각종 야바위 좌판도 열렸다.

그 시절 그곳에는 사계절의 특색으로 매우 운치가 있고 매력이 넘쳤다. 겨울에는 썰매를 탔고, 눈사람도 만들었다. 그때 부르던 그 노래는 눈이 오지 않은 이곳 호주에서 그때를 그리워하며 가끔 부른다.

"펄펄 눈이 옵니다."

호수 둘레에는 봄이면 어린 쑥이 파릇한 새싹으로 푸르름을 더해 주었고, 여름에는 어디선가 고마운 바람이 불어와 더위를 잊게 해주었다. 가을에는 산책하기 좋은 곳이었다.

나는 어쩌면, 가족과 함께 다양한 음식을 즐겼던 포장마차의 음식과 썰매가 있었던 석촌호수를 잊고 싶지 않은지도 모른다. 그곳은 그 누군가에게는 힐링 장소였고, 그 누군가에게는 포장마차가 삶의 터전이었다. 그들 모두가 떠나야만 했을 때 어떠한 마음으로 그곳을 떠났는지 몹시 궁금해졌다.

석촌호수에서 멀지 않은 곳 송파의 명소 남서울병원, 마마 손 백화점, 그리고 가락시장이 유명했다. 우리 가족은 포장마차에서 맛있는 음식을 먹은 후 운동 삼아 걸어서 가락시장으로 갔다. 큰아들은 세발자전거 타기를 좋아해 늘 앞장서 저만큼 갔다.

그때는 도로들이 안전했고 조용한 편이었다. 가락시장은 늘 싱싱한 채소가 있었다. 각 지방에서 올라온 채소와 과일로 가득했고, 싱싱하다 못해 빛이 났다. 우리는 한참을 돌다가 이것저것 사서 아들의 세발자전거에 가득히 싣고 집으로 오곤 했었다.

지금의 석촌호수는 벚꽃도 피었고 많은 건물이 새로이 지어져 있다. 하지만, 그때의 그 추억의 석촌호수를 못 잊는다. 이곳 호주는 그보다 더 아름다운 바닷가가 있고 호수가 많은데도,

그 시절 포장마차의 음식들과 풍경들은 그 어디에도 볼 수 없다. 내 마음에 아름다운 추억들과 석촌호수는 내가 살았던 곳 중에 가장 많은 추억으로 남아 있다. 이 호수는 사색하기 좋은 곳, 그리고 낭만이 있던 곳, 그때 그 시절 석촌호수로 돌아가고 싶다. 가끔, 그때를 생각하면서 다시마국물에 청국장을 넣고 꽃게, 새우, 오징

어 그리고 바지락, 쑥갓을 마지막으로 넣고 추억의 해물 청국장을 끓여 먹는다. 그 포장마차의 음식과 썰매가 있던 그곳을 아직도 나는 못 잊고 있다. 그때 나의 석촌호수는 없어졌지만, 나의 가슴에 남아 있는 사랑과 추억은 영원하리!

벤, 내 사랑

　어느 날 한적한 골목길을 걸어가고 있는데 찌그러진 차 한 대가 보였다. 이 차는 젊은이들이 좋아하는 스카이라인이었고, 차 안을 보고 싶었다. 그들이 광란의 밤을 새운 듯 차 안은 온통 난장판이었다. 분명히 마약 한 아이들이 운전하다가 전봇대를 들이박고 더 갈 수 없으니 멈춘 상태일 것으로 생각된다. 차 주인은 차를 잃어버리고 얼마나 힘이 들까! 나는 이와 비슷한 일을 오래전에 겪었다.

　나는 바쁜 이민자 생활에 수많은 날을 벤과 하루를 시작했다. 나를 닮아 엉덩이가 큰 그의 이름은 '벤'이다. 나는 항상 주차된 그의 뒷모습을 보면 내 마음은 기쁘고 행복했다. 어느 무더위가 한창인 날 아이들 학원에 보내고 '캠시역' 바로 앞 주차장에 주차했다. 아이들 기다리는 동안 쇼핑하고 약 30분 만에 돌아오니, 그가 그 어디에도 없이 사라져 버렸다. 나는 정신을 차리고 경찰서에 신고했다. 그리고 최첨단 추적망을 통해서라도 그를 찾아야 한다는 절박함에 잃어버린 차를 찾아주는 경비회사에 전화하고 보고서도 제출했다. 나는 그를 찾기 위해 할 수 있는 모든 일은 다 했다. 차 안에는 우리 가족의 생존에 절대적으로 필요한 것이 있다고 생각하니 불안해함과 초조함으로 밤을 하얗게 지새웠다. 그가 있을 때는 몰랐다, 벤이 없는 하루는 그야말로 힘겨운 다툼이었고 모든 것이 멈추어 버린 것 같았다.

그 후 17일째 되던 날 경찰서에서 전화가 왔다. 차는 캠시에서 멀리 떨어지지 않는 백설 리(Bexley)에서 발견되었다고 했다. 내 가슴은 방망이질하였다. 벤을 발견했다는 소식에 아이들도 좋아해 가족이 함께 갔다. 그러나 나의 기대는 어김없이 무너졌다. 벤은 큰 나무를 들이받고 앞바퀴는 펑크가 나 있었다. 그곳은 아주 인적이 드물며 크고 작은 나무들이 서 있었다. 차 문을 열자 차 안에 있던 나의 소지품들은 흔적조차 없다. 그들이 벤 안에서 광란의 밤을 보낸 이 처참한 광경, 술 냄새에 여기저기 콘돔과 피 묻은 여자의 생리대, 그리고 마약 한 주삿바늘들이 아수라장이 되어 소름 돋게 늘어져 있었다. 차를 훔친 그들이 어디론가 가고 싶어도 더 갈 수가 없었다는 걸 말해주고 있었다. 나는 몹시 두려웠다. 마음은 미어지는 듯 나의 영혼은 비통했다. 이 상황 앞에서 나는 할 말을 잃고 말았다. 그리고 우리 아이들이 볼까 두려워 다른 곳에 있게 하길 잘했다고 생각하면서 집으로 왔다.

나는 이를 긍정적으로 받아들이려고 노력했다. 다행히 먼 캔버라나 다른 지역으로 안 간 것에 대해 고마웠다. 그렇게 그는 견인차에 실려 갈 때 바라만 보고 아무것도 할 수 없는 내가 미웠다. 내 사랑 그는 가고 없다. 그와 나의 작별로 눈물이 내 뺨을 타고 흘러내렸다. 내 소중한 벤아! 아직도 나는 너를 못 잊고 살고 있다. 그와의 인연을 맺고 이토록 애정을 가지는 것은 남다른 사연이 있다. 벤은 '플레밍-톤' 옥션 장에서 여러 경쟁자를 물리치고 가슴 두근거리며 샀다. 수동식인지라 어렵게 남편으로부터 운전을 싸우며 배웠다. 어느 날 이혼 위기까지 갈 정도로 심각하게 싸웠다. 그는 기아를 잘못 넣는다고 불만이 대단했다. 게다가 그는 나의 생명의 은인이었다.

벤과 나는 3시에 아이들을 학교에서 데려와 먹을 것을 챙겨주고, 피아노 개인지도 하려고 3시 30분에 집을 떠나면 7명을 가르쳐야만 집에 올 수가 있었다. 어느 날 출장 개인지도를 마치고 차를 몰고 집으로 돌아오는 중에 졸며 운전하다가 사고가 날 뻔했다. 그때 내 귀에 끌리는 크고 요란한 소리가 들렸다. 나는 놀라서 졸음에서 눈을 떴다. 차를 몰고 집으로 왔더니, 밤 1시였다. 그는 아프지 않고 늘 가족을 행복하게 해주었다. 누군가 차를 도난당하고 나면 가슴이 통째로 무너짐과 동시에 병이 났다고 했던 그들의 마음을 나는 이해하기에 충분하다. 골목길에 찌그러진 그 차 주인의 마음은 지금 나와 같은 마음이겠지! 나는 차에 다음 글을 남겼다.

"Young people, you should consider other people before you ACT (젊은이들 이어 다른 사람들 생각하고 행동하세요)."

What a small world

변호사 '신들려 케빈'을 만났다. 시드니 친구 로빈 소개로 발리스타로 유능하다는 그를 만난 이유는 이랬다.

"변호사님! 내 잘못으로 다른 차 운전석 문에 조금 기스를 냈는데요, 그로부터 한 달 후 법원 도장이 찍힌 편지를 받았습니다. 어떻게 내가 코트에 참석도 안 했는데, $1500을 주라는 명령의 편지를 받았어야만 했는지 이해가 안 돼요!"

'뱅스타운' 법원에서 처음 보는 그는 발리스타 겸 변호사인데 무척 인자해 보였다. 변호사 '신들려 케빈'은 말없이 내가 건네준 법원에서 온 편지를 보더니 절망적인 말을 했다.
"……."
"코트에서 이미 결정 난 것이고 법원 도장이 찍힌 것이니, 그 누구도 이것을 변경할 수가 없습니다. $1500은 법원 명령이니, 어쩔 수 없이 내야만 합니다."

"변호사님 저 좀 도와주세요!" 신들려 케빈은 너무 힘들어하는 나를 보더니 불쌍하다는 생각, 아니면 친구의 소개 때문인지 그것으로 끝나지 않고 말했다.

"사고 난 차 사진을 가지고 오시오!"

나는 너무 좋아서 어쩔 줄 몰라 했다. 다음 날 희망을 품고 사고 장소로 향해 갔으나 그녀의 차는 보이질 않았다. 다음 날도 차는 없었다. 학교 사무실로 가서 물어보니 그녀가 출근했다고 했다. 다시 밖으로 나와 간절한 마음으로 차를 찾았지만, 그녀의 차는 보이질 않았다. '존 스트리트'를 끝까지 갔더니 그곳에 그 차 아우디가 서 있었다. 나는 내 차와 그녀의 차를 번갈아 사진을 찍어서 그와 약속한 그 날 '뱅스타운 코트' 옆 '신들려 케빈'의 사무실로 갔다. 그가 사진을 보더니 환하게 미소로

"됐습니다! 이것은 어느 각도로 봐도 당신이 홈집을 낼 수 없는 뒷부분까지 고쳐보려는 그녀의 의도가 있습니다. 하지만, 법원에서 보내온 돈 $1500은 내야 합니다."

"……." 말이 없는 나에게

"수, 그녀는 몹시 나쁜 여자입니다. 그녀를 항복시킬 수가 있어요. 당신은 매달 수표 $5를 만들어 그녀의 주소로 보내십시오. 3개

월을 보내면 아마 그녀의 오만함은 수그러들 거니 그리하세요."

"감사합니다. 그래서 친구 로빈이 유능한 발리스타라고 했군!"
나는 친구 로빈과 그녀의 남편에게 감사하다고 한 후 행복해하면서 집으로 돌아왔다. 그 다음 날부터 변호사님이 하라는 대로 5불씩 매달 수표로 그녀에게 보냈다. 5개월 후 그녀는 잘 억제된 차분한 음성으로 나에게 전화를 걸어왔다.
"수, 당신이 처음 주었던 현금 $500을 한 번에 주고 잘 마무리하자"라고 했다.
그때야, 나는 그렇게 못하겠다고 하면서
"매달 $5를 보낼 터이니 잘 받으라고요." 다음 날 그녀로부터 다시 전화가 왔다.
"여러 가지로 미안하니 매달 수표로 $5 받는 것은 불편하니 편리 좀 봐 달라"고 했다. 나는 그렇게 하겠노라고 하고, 그녀의 차창에 똑같은 그 자리에 다른 쪽지 하나를 끼워 넣는다. '삶을 그리 살지 말라고.' 이런 여자를 나의 가슴에 담기엔 너무나 초라하진 나의 진심이었다.

그때 사고는 이랬다.
내가 호주에 온 지 3개월쯤 되었을 때 자동차 면허시험을 보았다. 합격하자 신이 나서 영어부터 배워야 한다는 생각에 그날 학교로 운전을 하고 가 공부를 시작했다. 이 학교에서 아이들 학교까지는 운전해서 30분 정도 걸렸다. 그날은 '에세이' 검사받는 관계로 3시에 끝났다. 호주에 초등학교와 고등학교는 3시에 마친다. 어린 학생들은 부모가 반드시 픽업해야 한다는 규율이 있다. 혹시나 일어날 납치 사건 예방 차원이다. 나는 친척이라고는 없는 호주에서 혼자서 하루의 일과와 싸워야 했다. 남편은 오후 5시에 일이 끝나니 모든 것은 나의 몫이었다.

　내가 다니는 학교는 시드니대학 뒤에 있었다. 지역이 도시인지라 주차하는 것이 무척 어려운 지역이다 보니 주차하는 것이 스트레스였다. 아침에 학교에 도착해 넉넉하게 주차를 했는데도 거리에 주차한 탓인지 수업 끝난 후에는 내 차 앞과 뒤로 누구인가가 조금도 여유 없이 주차해 차가 쉽게 빠지질 않았다. 그런데다가 호주는 한국과 운전석이 반대로 있어 서툰 것도 있다. 차를 급히 빼려다가 건너편에 주차해 놓은 차 운전석 문 쪽에 약간 흠집을 내고 말았다. 나는 순간 '아무도 못 보았겠지' 차에서 내리면 한참 시간이 지체된다는 생각에 거리를 둘러보았으나 아무도 없고 거리는 조용했다. 이럴까 저럴까, 딜레마에 빠졌다. 나는 그냥 시간에 쫓기고 있었다. 내가 급하게 서두른 것이 이런 사고를 낸 것이다. 모른 척 급히 운전해서 달렸다. 얼마쯤 가자 순간 나의 심장은 잘못이라고 또렷이 기억했다. 그리고 다리는 후들후들 도저히 그대로 운전할 수가 없을 정도였다. 양심에 소리는 나의 도덕성에 이의를 제기한 것이다. 아버지 음성이 들리는 듯했다.

　"네 이름 석 자에 부끄러운 일 하지 말아라! 위선자, 자식들에게는 정직하라 가르치고, 너는….”

　나는 즉시 되돌아가서 그 차의 창에 다음과 같은 쪽지를 붙였다.

I apologize for damaging your car due to my mistake. I have been
a NRMA insurance for 3 years. Please contact me
YOO TEL 045…….

　남편이 호주에 미리 와서 보험에 가입해 놓아서 걱정은 없었다.
　나는 급하게 운전하다가 신호등에 걸리고 말았다. 경찰관으로부
터 $120의 범칙금도 떼고 나도 모르게 “What a day!” 정말로 운
없는 날! 경찰 아저씨가 급하게 나온 내 발 때문인지 쳐다보았다.
　겨우 어린이집으로 갔다. 원장님께 물 한 컵 달라고 해 급히 마시
고 나니 정신이 들었다.
　“엄마 왜! 이제야 왔어! 엄마 미워, 미워!”
　아이가 울고 있었다.
　원장님이 하는 말은 나를 놀라게 했다.
　“아들 조지가 유치원에 적응을 못 해요, 모두 잠자야 하는 시간에
혼자 울기만 하고 보채요. 그래서 어머니에게 여러 번 전화하니
받지 않았습니다.”
　“제가 학교에서 바로 왔습니다. 죄송합니다.”
　“응급으로, 전화했더니, (친구 이름으로 된 전화번호) ‘Hello! Hello,
Yes, NO’만 연발해서 답답해서 전화를 끊어버렸답니다. 오늘 많이

늦어서 벌금 $50을 지급해야 합니다." 'OK' 하고 돈을 지급했다.
나중에 친구에게 물어보았다.

"야!~~ 위급할 때 전화 좀 받아 달라고 했는데 '헬로우'만 했다면
서."

"미안해, 내가 샤워하는 동안 엄마가 전화를 받았더니 여자가
헬로우 해서 엄마도 헬로우 했더니 끊어버리더라네! 미안!"

나중에는 꼭 위급 시 전화 받아달라고 했다.

그 유치원 원장님은 필리핀계의 50이 넘은 여자분인데 좀 차가운
느낌을 주는 사람이었다. 엄마의 모습을 보고 아들 조지가 말했다.

"I am so sorry Mum!"

"……."

오늘은 하는 일마다 불운이 따르는 하루, 집에 와서는 아들 조지
에게 "왜? 다른 아이들 모두 적응하는데 너는 왜! 못해 왜?"

"……."

조지는 눈물만 흘리며 말없이 나를 안아주었다.

내가 붙인 쪽지의 주인이 누구인지 궁금하고 불안했다. 나는 조
지에게 꾸중을 한참을 하고 울고 있을 때 전화벨이 울렸다. 그러나
기다리는 전화는 아니었다. 그 차 주인의 전화는 저녁 늦게서야
벨이 울렸다. 그녀는 바로 내가 다니는 영어학교 선생님이었다.
"What a small world!" 나는 그녀에게 바로 사과를 했다.

영어 선생님은 어릴 때 영국에서 호주에 와 뉴타운에서 자랐고
시드니대를 나와서 교편생활을 하는 여자 선생님이었다. 그 여자는

아시아인을 조금은 무시하는 사람, 그리고 내가 최고라는 우월감마저 있어 보였다. 우리는 차를 해결하기 위해 내일 만나기로 했다. 나는 바로 조지에게 갔다.

"너, 조오지!"

"이걸 콱! 유치원에 잘 적응해야지. 왜! 엄마 속을 썩이니!"

그 아이는 놀라서 겁에 질려 눈을 크게 뜨고 벌벌 떨면서 나를 바라보았다. 나도 모르게 오늘 안 되는 일이 많아 아들 조지에게 냅다 지르고 나니, 그가 오더니 나를 꼭 안아주었다. 나도 그 아이를 꼭 안고 울기만 했다. 나는 후회하고, 눈물도 나고 엄마 생각도 났다.

"조지야, 미안! 엄마가 너를 안아주어야 했는데, 잘못은 엄마가 다 해 놓고 엄마가 되어 왜 이러니! 나 엄마 자격 없지. 미안해, 조지!"

"……."

"Do not worry mum, be happy mum!!!"

"왜? 나는 한국에 엄마 곁에 살지 이민은 와서 이러나!"

나는 딜레마에 허우적거렸다.

내일 학교 가려면 김치를 담그는 것이 부담스러웠다. 조지마저 유치원에 적응을 못 하니 영어학교를 그만두어야 하는 고민이 생겼다. 그래서, 누웠다 하면, 잠자는 내가 한잠도 못 자고 벌떡 일어나 앉았다. 이곳은 호주이지!~~

내가 만약 영어 못하면 이곳에 살 자격이 없어 물론 통역사도 있지만 내 자존심이 허락하질 않았다. 부엌으로 조용히 가서 시계를 보니 벌써 밤 3시 36분, 김치통에 김치를 넣고 있을 때 조지가 내 곁에 와 쪼그리고 앉더니,

"맘! I am sorry."

"Why George!"

그는 눈을 비비며 미소로 나를 안아주었다. 그도 잠이 안 오나 보다. 싫은 유치원가려니 그 아이도 스트레스겠지 왜 아니겠어,

나는 그대로 울고 말았다.

그는 "마미! 김치 먹어봐도 돼"라고 물었다.

"응!"

"마미! 마미! 최고!" 하며 엄지를 올렸다.

"I am so happy." 하고 다시 엄지를 나에게 보이면서 곧 잠자려고 갔다. 그때 겨우 3살밖에 안 되는 아이에게 내가 한 행동은 이해가 안 되었다. 모든 것이 스트레스로 다가왔다. 나는 후회하고 못 된 행동한 내가 미웠다. 엄마 생각이 나서 울다가 날이 새고 말았다. 그 후 그 아이는 김치를 담을 때마다 맛을 꼭 확인하려고 했다. 그 아이가 짜다고 하면 다시 점검하고 맛있다고 하면 그대로 김치통에 넣는다. 그 아이가 기분 좋아해서

"조지! 그대를 엄마가 김치 담을 때마다 맛을 점검하는 보이로 임명하노라!"

그 후 그 아이는 내 김치 감독관으로 임명된 것이 기분 좋다고 했다. 그날 이후부터 그는 습관적으로 김치 담는 그 날을 손꼽아

기다리게 되었다. 그 아이 이름이 조지인 것 이곳 시드니 시티에 있는 유명한 산부인과 킹 조지 병원에서 막내로 낳은 아이를 기념하고 킹 조지처럼 똑똑하라고 이름을 내가 지어주었다.

이럴 때 나의 엄마가 옆에 있었다면 하고 어제 오후에 있었던 일을 생각했다. 그때 밀려온 불운한 사태를 괴로워하며 복잡한 심경을 일기장에 적으며 잠시 인생의 하프타임을 가졌다. 이민자의 삶을 후회하며 나도 모르게 점점 슬럼프에 빠져들어 가고 있었다.

그 영어 선생님

다음 날 '피터샴'을 향해 가지만 그 영어 선생님 어떻게 나올지, 나의 부주의로 민폐를 끼친 것이, 많이 미안하기도 했다. 약속 장소에 도착하자 그 영어 선생님이 미소를 지으면 나를 반겼다. 나는 고개를 조금 숙이고 미안하다고 했더니 괜찮다고 했다. 약간은 차에 남긴 메시지가 고맙다는 듯했다. 그녀가 단골 정비소가 있다고 해서 한참을 그곳으로 갔다. 그들은 만난 지 오래된 주인과 손님인 듯했다. 그가 견적을 냈더니 $500이었다. 나는 생각보다 적게 나온 금액을 반기면서 그 자리에서 현금으로 주겠다고 돈을 주니, 그녀의 대답은 뜻밖에도 'No' 하며 나를 바라보았다. 내 얼굴에 협박이라도 하듯 제2의 정비소, 다른 단골집으로 가자고 했다. 그녀가 원하는 대로 하겠다고 찾아간 그곳은 무려 차로 40분이 걸려서 도착했다. 그곳에서 견적이 $1500이 나왔다. 나는 순간 이민자의 불편한 관계가 이렇게 길게 여운을 남길 줄 몰랐다. 나는 참지 못하

고 "만약 내가 쪽지를 안 써 놓았더라면, 당신 같은 사람인 줄 알았
더라면, 그 누가 쪽지를 남기겠소. 마음대로 하시오!" 했다.

그 후 법원에서 날아온 벌금은 내가 참석하지도 않았는데 나왔다.

너무 억울해 이대로는 안 되지, 모든 일을 제치고 호주 친구 로빈
을 찾아가서 변호사를 소개받고 일을 만족하게 끝냈다. 나는 변호
사 '신들려 케빈'에게 전화해서 감사하다고 했다.

"I appreciate your kindness. I shall never forget your kindness. You
have done a good job."

눈이 큰 아이와 태릉 배

호놀룰루 국제공항에 내리자 젊은 아가씨와 청년들이 아름다움의 신을 닮았다는 '하이비스커스 꽃'을 목에다 걸어주며 훌라춤과 노래를 불러주며 미소로 나를 반겨주었다. 하와이는 푸르른 바다! 푸르른 하늘! 정말로 가득히 푸르다. 도착 다음 날 학교에 가 OT를 마치고 일찍 집으로 와서 언니와 시내 구경을 하러 갔다. 이승만 대통령이 살던 집도 갔다. 그 다음 날은 하와이 오아후 북부에 있는 폴리네시안 12나라의 민속촌 구경을 하고 선셋 비치 파크(Sunset Beach Park)에 놀다가 레스토랑에서 맛있는 꽃게도 먹었다. 이렇게 하와이에 즐거운 곳을 방문하지만, 나는 생도와 인사도 하지 못하고 온 것이 내내 마음에 걸렸다. 그와 함께한 가을 하늘은 유난히 파랬다.

"눈이 큰아이야! 하늘은 청아하고 맑지! 황금빛의 태릉 배는 꿀처럼 달콤하구나!"

그는 시와 노래를 좋아했다. 소월의 시 「초혼」을 박진감 넘치도록 읊고,

선체로 이 자리에 돌이 되어도 부르다가
내가 죽을 이름이여, 사랑하던 그 사람이여,
사랑했던 그 사람이여!
사랑하는 눈이 큰 아이여! 하하하

그의 목소리는 내가 좋아하는 바리톤이다. 그와 나는 노래를 좋아했다. 그처럼 노래를 곡과 결을 맛깔스럽게 구사하는 사람도 드물다. 아! 가을인가를 불러주면 가을의 먹골배와 어울리는 멋진 장면이다. 우리가 만나면 적어도 3편의 시는 읽었다. 서로는 좋은 기억력에 대해 감탄했다. 그가 소월의 시 「진달래꽃」을 읽노라면 인생은 태생적으로 모두 서정시 사랑의 시라고 새삼 깨닫곤 한다. 생도가 읽은 시도, 노래도, 이 모두가 사랑이고, 설움! 그리고 목숨이고, 눈물겨운 그리움이다. 소월의 시가 새삼 그립다. 그렇게 오묘하게 멋진 목소리로 간절하게 시를 읊을 수가 있다면 그의 목소리가 드물게 그리운 이유다.

생도는 제복과 잘 어울리는 키 큰 남자였다. 늘 다정한 눈빛에 의미의 허망을 만들어 놓고 나를 그리움에 달려가게 한 멋진 남자였다. 생도를 육사 면회장에서 만나 차를 마시고 가까운 태릉 배밭으로 가 달콤한 배를 먹었다. 그곳은 육사에서 걸어 삼육대 오솔길

을 지나면 바로 태릉 배밭이다. 때로는 조용한 삼육대학 오솔길을 걸었다. 아직 해가 많이 남아 있고, 햇살의 무늬는 금빛, 은빛으로 생도와 나를 반겨주었다.

삼육대 오솔길은 참 아름답다. 내가 차도 쪽으로 가면 그가 재빠르게 자리바꿈을 하곤 했다.

"눈이 큰아이야! 차도로 쪽은 위험해!"

생도의 규율, 손잡으면 안 되는 규율을 어기고 처음으로 손을 잡아 보았다. 나의 장난기가 발동하여 나는 까불거리기도 했다. 라라 라랄! 라라 라랄! 라라랄~~~랄라! 가끔 일부러 차도 쪽으로 가면 역시 똑같이 행동했다. 그는 로맨틱 사랑을 꿈꾸었던 눈이 큰아이의 마음을 지탱하고 관통해주는 심지가 되어 주었던 것이 분명했다. 그의 따뜻한 미소! 늘 나를 배려하는 그의 매너 그리고 카리스마(charisma)가 난 좋았다. 언제까지나 나를 보호해주고 지켜 줄 것만 같았다.

그곳 태릉 먹골배 과수원은 서울의 명소로 젊은 커플들의 결혼 전 데이트 코스로 혹은 육사 생도들의 미팅 장소로 명성이 있었던 곳이다. 태릉 배밭은 배나무가 많고 숲이 울창한 공원 같은 느낌이 드는 아름다운 곳이다. 언제나 꽃과 나비가 있고 맑은 공기, 지저귀는 새가 있는 자연의 공간이다. 봄이면 은은한 배꽃 향기와 가을에는 황금빛 먹골배가 무르익어 부드럽고 매끄러워 마치 황금을 만지는 듯하다. 먹골배 맛은 꿀처럼 달콤하다. 과수원 주인은 중년의 두 부부였고, 늘 웃으며 우리를 반겨주셨다. 배를 손수 따서 먹을 수 있고 따놓은 것을 선택할 수도 있다. 생도와 나는 늘 함께 배를 따서 바구니에 담아 테이블에 앉아 달콤한 배의 속살을 깨물며 늘 그랬듯이 누리는 음악과 문학을 논했다.

　과수원에는 참나무로 만든 큰 테이블이 있다. 탁자 위에는 나무로 만든 과일바구니가 여러 개 있어 육사 생도들은 미팅도 하고 소개팅도 하는 것을 자주 보곤 했다.

　그와 나는 내 친구 명옥이가 다니는 모 여대생 주선으로 소개팅에서 만났다. 그때 유일하게 나만 모 여대생이 아니었다. 모두 그 대학교 출신이었다. 그나마, 내가 피아니스트라고 해서 보아준 것이 고마웠다. 그때 나는 그가 생도 중에 제복이 가장 잘 어울리는 사람이라고 생각했다. 그는 내가 면회를 하러 육사 면회관으로 가면 금방 함박웃음을 지으며 다가온다. 그는 너무나 늠름하고 든든해 보듬어 줄 날개가 있다. 그 후 우리의 데이트 장소는 태릉 배밭, 육사 영화관, 그리고 삼육대학교 오솔길이었다. 그뿐만 아니라, 가끔은 스카라 극장, 을지로 명보 극장에 가서 영화도 보고 그 뒤에 있던 경양식집에 가서 맛있는 함박스테이크와 오므라이스도 먹었다. 그때 유행했던 팝송 비지스의 노래 〈I Started A Joke〉가 흘러나왔던 아름다운 레스토랑이었다. 그리고 명동 필하모니 음악감상실에서 클래식 음악을 들었다. 그와 나는 서로가 젊은 날에 로맨틱한 사랑을 꿈꾸었던 마음을 지탱하고 관통해주는 심지가 되어 주었다. 생도는 나를 "눈이 큰아이"라고 항상 불러주었다. 배꽃의 향기도 아스라이 등천하고 있었다. 태릉 배가 무르익어가는 어느 가을날 생도 면회를 했다. 내가 면회장에 들어서자 기다렸다는 듯 함박웃음을 지으며 다가오는 그는 금방 나를 보듬어 줄 날개가 있었다. 그는 아우라가 넘쳤다. 생도의 제복과 잘 어울리는 늘씬한 키, 유난히 오뚝한 코, 늘 웃음 짓는 그 얼굴!

그리움이 있을 때 인생은 아름답다

: 나의 심장은 그를 또렷이 기억했다

나는 하와이로 날아갔었다. 그것이 그와의 마지막 날인 줄도 모르고… 그 후 우리는 안녕이란 말 한마디 없이 만날 수 없게 되었다. 생도와 있는 세상은 아름답더이다!

'흐르는 시간 속에서 그리움이 아름답다'라는 것을 알게 한 아이! 남을 먼저 배려하는 그의 인품이 그립다.

생도는 가슴 뜨거운 것이 무엇인가 알게 해준 아이!

어느 날 면회하러 갔을 때 영화 러브스토리가 재미있으니 보려고 가자고 했다. 자신의 친한 친구도 소개해주고 싶다고, 그 사람은 그 유명한 지도자의 아들이었다. 그 생도 역시 아버지가 그런 사람이었다. 그의 여자친구는 역시 모 여대 출신이다. 우리 네 명은 나란히 앉아서 아이스크림을 먹으면서 영화를 보았다. 그때 영화 러브스토리 속의 함박눈이 내리는 장면과 주인공들이 눈싸움하고 눈 위에서 사랑을 나누는 명장면을 보았다. 우리도 경복궁과 창덕궁에 가서 영화처럼 눈싸움도 하곤 했었다. 생도에 대한 이런 감정과 설렘은 그가 눈이 큰아이라고 불려줄 때마다 하늘 높이 날리는 하얀 눈이 되어 그와 나의 마음에 차곡차곡 쌓였다. 그 하얀 눈송이들은 수천과 수억의 아름다운 무언의 소리가 되어 하얀 눈송이처럼 반짝이며 우리에게도 속삭이듯 다가왔다. 우리 네 사람은 동화 속의 주인공들처럼 그리고 함께 눈 노래를 불렀다. 어디선가 눈의 세레나데가 되어 날마다 나타날 것 같은 마음이었다. 우리는 모자를 벗어 던지고 눈송이처럼 반짝이는 동화 속으로 성큼성큼 걸어 들어갔다. 그 후 우리는 많은 시간을 네 사람이 함께 그렇게 데이트를 했다.

어느 가을날 그가 영화 〈패신저스(Passengers)〉를 함께 보고, 또 소개해주고 싶은 친구가 있다고 했다. 처음 보는 그의 친구가 난 누구의 아들인지 금방 알고 소리를 지를 뻔했다. 'What a small world!'라고. 영화관에서 우리, 네 사람은 나란히 앉아 팝콘을 먹으면서 영화 〈패신저스〉를 보았다. 주연은 제니퍼 로렌스와 크리스 프랫이었다. 영화 내용은 지구의 환경오염과 식량부족을 피해 대체행성으로 가던 중 기계 오작동으로 크리스가 동면에서 깨어난다. 그리고 "과연 그는 어떤 선택을 했을까?" 그때 상황이 정신이 없었지만, 또렷이 기억이 난다.

생도 친구들의 여자친구 역시 그 유명한 모 여대 출신이다. 나만이 모 여대 출신이 아니니, 딜리마로 많은 시간을 보냈다. '그를 그만 만날까!' 나 자신이 그에게는 너무 작아 보였다. 이 생각이 들자 내 친구 모 여대 출신 불문과 정아를 그에게 소개해주려고도 생각하며 딜레마에 빠져 허우적거리고 있었다. 정아와 나는 프랑스 문화원에 자주가 프랑스 영화를 보는 친한 친구이다.

나는 소개팅할 때 만난 생도 친구를 먼저 면회했다. 그리고 나의 마음을 전했다. 그 친구와는 이미 약속이 되어 있었다. 그러나 그 친구 하는 말,

"생도는 진정으로 '수'를 좋아하는 것 같다"라고 했다. 생도 자신이 좋아하는 이유는 수가 아름다운 음악가답게 순수하고 눈이 큰아이라서 그렇다고 했다. 그때 면회실 저쪽에서 그가 미소 지으면서 다가왔다. 나는 허겁지겁 무엇인가 들켜버린 사람처럼 행동하니 그는 "눈이 큰아이야! 와주어서 고마워!" 했다.

때는 가을이었다. 가을의 태릉 먹골배가 익어 갔다. 「나는 보았습니다」(한용운 시)를 들으며 문학을 넘나들면서 젊음을 만끽하였다. 매력적인 바리톤으로 불러주던 '바흐의 아리아'를 듣노라면 내 가슴 깊숙이 첼로의 선이 관통하는 소리가 가을에 단풍과 함께 인생을 말해주었다. 우리는 명동 필하모니 음악감상실에도 가끔 가서 '베토벤의 봄'을 듣기도 했다. 그가 한 말이 위안이 됐다.

"눈이 큰아이야! 난 네가 좋아!" 그 말이 위로되어 다시 마음을 긍정적으로 먹기로 했다. 그는 나의 연주회 때 장미꽃을 주곤 했다. 그리고 명옥이 연주회 '한국일보 신문사'에서 할 때도 참석했다. 어느 날 환하게 웃은 그의 바리톤 음성은 어찌 그리 그윽한지, 도저히 하와이 간다고 그에게 말을 못 하고 말았다. 우리는 크고 먹음직한 배를 골라 따서 바구니에 담았다. 그곳에서 조금만 가면 감나무가 있어 해마다 감이 주황빛으로 주렁주렁 많이 달렸다. 노랗게 익은 감도 함께 깎아서 접시에 담았다. 세상 아무것도 부러운 것 없이 마음이 평화로워서 맛있게 먹었다. 가을은 참으로 풍성하다. 그것은 나의 젊은 날에 로맨틱 사랑을 꿈꾸었던 마음을 지탱하고 관통해주는 심지가 되어 주었다. 지금 생각해보면, 내가 미완성곡을 좋아했기에 나의 사랑도 미완성으로 끝났을 건가! 학교 다닐 때 나는 슈베르트의 미완성곡을 특히 좋아했다. 미완성이란 안타까우면서도 매력이 있다. 그 맛에 푹 빠져 명동 음악감상실에 가면 그 음악부터 신청해 듣곤 했다. 명동 음악감상실에서 베토벤의 교향곡 명작 〈운명〉의 서곡이 들린다. 무서운 고난과 시련의 습격을 미미미도 4개의 음으로 표현한 운명의 노크 소리를 박진감 넘치도록 표현한 비범한 천재성에 대해 감탄하며 우리는 음악을 감상했다. 우리의 운명도 그렇게 박차고 나아갈 줄 알았다. 하지만, 그 후 나는 인생의 프로그램에 따라 먼 나라 하와이로 떠나야만 했다. 그는 장교훈련을 하러 갔다. 핸드폰이 없는 시절 면회를 하러 가야만 그를 만날 수가 있다.

나는 배를 먹으면 이렇게 그리움과 추억의 경계선을 넘나들면서 인생에 하프타임을 가져본다. 호주에서 TV로 가끔 영국 뉴스를 본다. 이때 샌드허스트 육군사관학교 생도였던 윌리엄과 해리 왕자가 귀족으로서 노블레스 오블리주(Noblesse oblige)를 실천하고 있는 것이 나온다. 그 장교 또한 지금은 국가를 위해 열심히 일하고 있을 것이라는 점을 믿고 싶은 까닭이다. 눈을 감으면 육사 생도의 라디오 보이스가 들리고, 그때 그 생도의 시선이 그립기만 하다. 그와 함께 듣던 그 음악감상실, 어느 날 내 발걸음은 그곳을 가고 있었다. 바흐의 〈G 선상의 아리아〉 음악이 흐른다. 누가 저 곡을 신청한 걸까! 순간 나의 심장은 그를 또렷이 기억했다. 그리고 나의 심장은 뛰기 시작했다. 내 마음속에 그리움이 있을 때 인생은 아름답다.

학생 정보

한 학생으로 인해 호주 이민 사회에 적응하려면 정보가 얼마나 중요한지 아는 기회가 되었다. 어느 날 학생 함이 하는 말에 나는 충격을 받았다. 무척이나 신경 쓰게 하는 일이었다.

"선생님 내일부터 엄마가 피아노 그만 다니래요."

"왜? 함아! 선생님이 잘못한 것이 있을까?"

"선생님! 저는 피아노 전공하려면 호주에서 그래드 시험을 보아야 해요. 그런데, 선생님은 한국에서 오신 지 얼마 안 되어서 호주에서 피아노 가르치는 자격증이 없을 거라고 엄마가 말했어요."

"함아! 선생님은 한국에서 큰 학원까지 운영하다 온 선생님이야, 알고 있으니!"

"그러면, 선생님은 여기에서도 피아노 가르칠 수 있는 자격증이 있나요?"

"그럼 내일 내가 알아보고 함이를 위해서 빨리빨리 자격증을 딸께! 응, 함아!"

다음 날 함이는 어머니를 모시고 왔다. 내가 자격 갖출 때까지 기다리시겠다고 하셨다. 그녀의 엄마 말씀은

"함은 꼭 피아노 전공해야 해요."

그녀의 아빠는 시드니대학교에 교환교수로 오신 유명한 교수님이었다. 그녀는 머리가 좋아서 피아노도 잘 치고 열심히 하는 학생이었다.

나는 호주에 와서 쉴 사이도 없이 바로 학생들을 소개받아 피아노를 가르쳤다. 학부모님들이 계속 연결해서 소개를 해 주셔서 학생 걱정은 없었다. 하지만, 한국에서 호주로 보낸 피아노가 있는 컨테이너가 오질 않아 문제가 생겼다. '이민 짐이라 좀 늦겠지' 하고 기다렸지만 5개월이 넘도록 도착하지 않았다. 피아노가 도착할 때까지는 출장 개인지도와 피아노 한 대로만 운영이 되었다. 한국에서 모든 것을 풍족하게 쓰다가 여기서는 식품점에서 임시로 그릇도 조금씩 살 수밖에 없다. 다행히 이때는 피아노를 가르치는 선생님들이 많지 않아 나는 학생이 차고 넘쳤다. 그러게 루틴(Routine)은 계속되고 있었다.

내가 하루에 3시간 연습을 요구해도 두 모녀는 잘 따라주었다. 함이 어머니와 함이 그리고 내가 하나가 되어, 우리는 열심히 했었다. 그 다음 날 나는 피아노 가르치는 것이 먼저가 아니라 지금은 호주에 살고 있으니, 이곳이 요구하는 자격을 가져야 하는 것은 당연하다고 생각했다.

내가 아무리 한국에서 오랜 경력이 있다 해도….

"로마에 가면 로마법을 따르라"라는 속담이 번쩍이면 스쳐 갔다. 이것이 나의 삶이라고 덥석 뛰어 들어가기로 했다.

다음 날 나는 'Australian Music Exam Board'을 찾아갔다. 피아노 선생 자격시험을 보고 3주 후 나는 자격증과 함께 내 고유번호를 가졌다. 이 번호가 있어야만 학생들을 가르칠 수가 있고, 내 학생이 그래드 시험을 볼 수가 있다고 했다. 기분이 좋아서 Manual of Syllabuses(교과과정 매뉴얼)도 샀다. 'Australian Music Exam Board' 의 등록과 자격을 가진 선생님이 되었다.

그 후 함이는 그래드 시험을 1에서부터 8까지 최고의 시험까지 끝냈다. 이론도 모두 합격했다. 지금은 스튜디오에서 시험을 볼 수가 있지만, 그때는 시험을 볼 때는 반듯이 오페라 하우스에서 멀지 않은 '시드니 음대 컨설베트럼(Conservatorium)'에 가서 시험을 쳤다. 특히 함이 아빠와 엄마는 항상 시험 결과를 A+를 원했다.

"선생님! 우리, 람이 A+ 맞겠지요!" 하고 나에게 압박감을 주었다. 이때 아이들과 학부모님들이 항상 함께 갔다. 학생이 시험 보려 시험관 방으로 들어간 후 극도로 떨리는 나의 마음은 어쩔 수 없었다. 다른 아이들도 마찬가지였다. 이런 세월을 보낸 지 오래 되다 보니 머리는 극도로 회색으로 변해만 갔다. 다행히 아이들은 음악대학교를 들어가서 피아노를 전공했다. 나는 그 아이 정보 덕분에 빨리 덕을 본 것이다. 시드니에서 많은 아이를 음악대학에서 피아노 전공하게 합격시켰다. 그러기까지는 한국에서 겪지 않았던 많은 고난과 역경이 있었다.

　정보는 이민 생활에 매우 중요한 것 생각하니 그날의 함이가 보고 싶어진다. 그녀는 피아노를 아주 잘 치는 아이였다. 하루에 3시간을 열심히 연습했고 전공도 했다. 함이 아빠는 다시 미국에 교환 교수로 가셨다. 온 가족은 아빠 따라 미국으로 갔다. 어머니와 그녀가 함께 편지를 보내 왔다. 그중에서 가장 기분 좋은 소식은 함이가 줄리어대 음악대학에 입학했다는 말이다.

　"함이 지도 교수님께서 함은 피아노를 잘 배웠다고 칭찬을 하셨어요! 손 모양, 자세, 그리고 테크닉, 이 모든 것이 완벽하다고 칭찬을 받았습니다."

　나는 그녀의 편지를 다 읽고 기뻤다. 그 편지는 나의 삶에 자신감을 실어주었다. 두 모녀가 보낸 그 편지는 아직도 보물처럼 고이 간직하고 있다. 가끔은 꺼내서 읽어 보면서 나는 그때 그 시절로 돌아가서 함에게 피아노를 가르치고 있다. 그 아이가 그립다. 음악처럼 조용히 스며드는 달빛이 은근히 아름답다. 나는 가슴으로 그녀에게 피아노를 가르친다. 음악이 창을 두드린다. 음악의 소리와 음악의 냄새는 나를 설레게 한다. 첼로 선율과 피아노 소리가 함께하니 세상 부러울 것 없다. 거룩한 영혼의 진혼곡도 슬프게 들리지 않음은 무슨 까닭일까! 이들이 나의 마음을 차분하게 만드는 이유는 무엇일까! 음악으로 가득한 나의 마음은 언제나 순진한 어린이 같다. 그리움이 에코가 되어 나에게 온다.

김포공항의 추억

나에게는 김포공항에서 아름답게 작별한 미더운 친구들이 있다. 사랑의 빚을 지고 있는 사랑하는 친구들, 그리고 위로가 되었던 나의 동창들!

"수임아! 지금 호주에 가면 너 언제 오니!" 하면 영원히 못 볼 것처럼 말하며 서로 부둥켜안고 울기도 많이 울었던 친구들이다. 이날 나를 배웅한 친구들은 권금순, 김경숙, 남경순, 장영옥, 권영애 등등 그날 손가락에 금반지도 끼워주던 그 친구들! 그야말로 김포공항의 이별이고 추억이었다.

작년에 베트남을 다녀오면서 잠시 한국에 들러 시드니로 돌아오는 길에 '김포공항'을 가보고 싶었다. 지금은 공항에서 아름다운 석별의 정을 나누는 풍경이 드물다. 42년 전 내가 호주로 처음 올 때는 온 가족 친지 그리고 학생 동창생들이 함께 나와서 석별의 정을 나누었다. 내가 새로운 희망을 안고 부푼 가슴으로 한복을 입고 비행기를 탔던 곳은 김포공항이다. 그때 난 한복 차림으로 한 살과 두 살 난 아들과 함께 김포공항을 통해 호주에 왔었다. 한복을 입은 이유는 우리 결혼식에 참석하셨던 호주대사님과 대사 사모님께서 '한국의 한복이 아름답다'라고 했기 때문이다. 지금 생각하면 어떻게 한복을 입고 호주를 왔는지 참 웃기고 아찔하다.

그런데 비행기를 타고 갈 아이들을 엄마가 데리고 온다고 했는데 엄마의 모습은 보이질 않았다. 시간은 흘러 어느덧 비행기 탈 시간이 되었다. 친구들은 "아이고, 저걸, 어쩌나" 하고 여기저기에서 야단이 났다. 발을 동동 굴리면 불안해하고 있을 때였다. 잠시 후 큰아이는 엄마가 업고 작은아이는 친척 아줌마가 안고 왔다. 엄마의 얼굴은 새파랗게 변했다.

"차가 밀려서, 늦어서 정말 미안하다."

사랑하는 딸을 멀리 보내고 싶지 않은 것 때문인지 엄마의 눈에는 눈물이 흘러내렸다. 그 일로 30분이 넘게 비행기는 지연되었다. 다행히 비행기는 기다려주었고, 두 아이와 함께 비행기를 탈 수 있었다. 항공사와 탑승자들에게 시간을 훔친 죄인이라 생각하니 비행기를 타고도 화장실을 못 갈 정도로 너무 미안해서였다. 참으로 큰 민폐였다. 아이들도 놀랐는지 시드니까지 울지 않고 조용히 와주어 고마웠다. 그 와중에 난 왜 한복을 입고 갔는지 지금 생각하면 웃음도 나고 어떻게 갔는지 상상이 안 된다. 시드니 공항에 내리니 한복은 정말로 거추장스러웠다. 갑자기 공항 직원이 가방을 다 열어보라고 했다. 그는 아이들 옷가지만 수두룩하니 웃으면서 가라

고 했다. 시드니 공항에서 미리 와 있던 남편이 우리를 반겨주었다. 그때 남편은

"호주가 희망이 없다 한국에 가서 미국 유학 준비나 할 거야."라고 하면서 다시 한국으로 갈 거라고 한다.

"내가 급하게 아이 둘 데리고 갈 테니, 절대로 오면 안 된다." 했다. 그 당시는 여권을 만들기가 하늘의 별 따기였던 시절 친구 아버지가 국회의원이라 겨우 마련해서 시드니로 보냈건만 돌아오다니, 절대로 안 되지만 나 역시 여권을 못 만들어 그 친구에게 민폐를 끼치고 호주로 왔다. 나는 나라님에게 편지를 써서 한마디 했다.

"한국사람 외국에 보내면 라면 하나라도 더 팔릴 것이구먼. 왜? 여권 내기가 이렇게 어려운 것인지 이해가 되질 않아요!"였다. 겨우 시드니에 도착했다.

어린아이들은 '아빠~' 하고 달려가 아빠 품에 안기었다.

나는 그에게 물었다.

"시드니가 미래가 없다는 것 이유 말하라"라고 했더니, 말이 없다.

호주는 처음 보는 나에게 모든 것이 인상적이었다. 지붕이 황토색이고 가끔 빨간색도 있어서 특이하다고 느끼면서 집으로 갔다.

그곳은 많이 변해 있어 나를 놀라게 했다. 갑자기 왜 눈물이 날까? 그곳을 갔을 때 김포공항의 추억과 돌아가신 엄마의 새하얗게 질린 얼굴이 생각나 왈칵 눈물이 쏟아져 내 뺨을 타고 흘러내렸다. 그날 일어났던 일들, 돌아가신 엄마가 그리워서 그곳에서 한참을

소리 없이 울었다.

그 후 나는 인천공항을 사용하고 바쁜 이민자 생활하다 보니 친구들이 배웅 나온 아름다운 정을 잊고 살았다. 친구가 김포공항에서 찍은 사진을 보여주지 않았다면, 나는 그 친구들의 친절과 우정을 까맣게 잊고 살았을 것이다.

동창회에 참석했다. 한 친구가 조그마한 사진첩을 내놓으며 사진을 보라고 했다. 사진에는 그 옛날 김포공항에 배웅 나왔던 친구들이 젊은 모습으로 환하게 웃고 있었다. 나도 그때 그 모습은 젊고 싱싱해 보였다. 그날에 찍은 사진이 여러 장 있었다. 학생일 때 5총사와 함께 찍은 사진도 있다. 금순이 친구가 보이지 않아 물어보니 공항에서 우리 사진을 찍느라 사진에 없었다고 한다. 그녀가 과자도 사주면서 비행기 안에서 먹으라고 한 것이 생각났다.

또 친구 하나는 비행기가 떠나고 공항에 도착해 속상해서 엉엉 울었다고 그 옛날이야기를 들려주었다. 사진 한 장에서 나는 많은 것들을 생각하면서 내가 얼마나 바쁘게 살아왔지 돌아볼 수 있는 하프타임을 가지게 되었다. 다음 날 카톡방에 '김포공항 친구' 제목으로 카톡에 초대해 본격적으로 친구들의 사랑을 돌려주기로 했다. 그리고 마음의 결정은 친구들을 호주 여행시켜 주기로 했다. 그들의 아름다운 정을 잊고 산 죄인이 된 마음이다. 비행기 표는 본인들이 사고 구경하는 비용과 숙식은 내가 제공하기로 계획했다. 식당을 운영하는 친구 때문에 지금 당장은 어렵고 3년 후에 우리는 함께하기로 했다. 그때 우리를 상상해 보았다. 3년 후 친구들과 시드니 어디에 있을까! 우리는 아마도 시드니 오페라 하우스, 블루마운틴 3자매 봉, 멜본, 아니면, 라이팅 리치 온천을 가서 김밥을 먹으며 그 옛날 김포공항에서 못다한 이야기를 하고 있겠지!

인천국제공항 1, 2터미널 개항으로 주로 국내선 허브 역할을 하지만, 전에는 인기 있는 한국의 단 하나의 국제공항이 바로 김포공항이었다. 당시 파독 광부 간호사, 그리고 해외 입양이 한창일 때도 그곳은 뉴스에 자주 볼 수가 있었고, 언제나 만남과 이별의 장소로 그곳을 거쳐야만 해외로 갈 수 있었던 때이다. 그 당시 영화와 드라마 출입국 장면은 모두 그곳에서 촬영한 것이고, 문주란의 공항이별, 한참 유행했다. 영화는 안개 낀 거리, 대지여 말해 다오 같은 영화 포스터는 여기저기 길거리에서 자주 볼 수 있었다. 김포공항은 가족 친척 그리고 친구들이 모두 나와 나을 배웅해준 정과 추억이 함께한 장소이다.

블라드 테페스 성

　루마니아에 있는 블라드 테페스(드라큘라) 성을 올라갈 때 내 다리는 옛날 같지 않았다. 나도 이젠 나이가 들었다는 것을 실감하고 돌아왔기 때문이다. 그래서 가슴 떨릴 때, 다리에 힘 있을 때, 무조건 여행을 다니자고 작정했다. 드라큘라 성은 정말 영화에서 본 그대로였고, 실존에 있었던 이야기라고 했다. 나는 영화로만 보고 거짓이라고 생각했는데 그 우물가의 비밀도 다 있을 수 있는 이야기인지라 생각했다. 현지답사가 매우 중요한 것을 다시 한번 깨달았다. 블라드 테페스 성을 갔다 오고서야 나는 많은 것을 깨달았다. 가장 중요한 것은 다리에 힘 있을 때 놀러 다녀야 한다는 것이다. 호주에 살면서 일 년에 한 번 있는 유럽여행 후 내가 가고 싶은 한국 여기저기를 구경했다. 참 잘했다고 생각이 든다. 이번에는 조지아여행을 멋지게 구경하고 한국에 가고 싶은 곳을 가려고 계획했다. 동생 집으로 가자마자 피곤이 몰려왔다.

여동생과 제부

루마니아 블라드 테페스 성은 나에게 많은 것을 생각하게 했다. 눈은 저절로 감기고 한잠 자고 싶었다.

그러자, 동생과 제부가 기다렸다는 듯이 춘천에 있는 출렁다리에 가족여행으로 가자고 했다. 그래, 이제는 무조건 기회가 있으면 어디든 가자고 생각한 나였다. 드라큘라 성을 갔던 것이 여행하는데 다리에 힘이 중요하다는 것을 다시 느끼고 또 느낀 것이다. 내 나이의 인식을 강하게 해준 것이다. 그곳에 가질 않았다면 나는 아직도 불혹의 나이라고 착각을 했을 것이다.

호주에 45년을 산 나는 산이 드물고 바다가 많은 한국이 참 아름답고 좋다. 한국의 가을날은 참으로 풍성했다. 돌담 벽 위에 핀 호박꽃이 화려하지도 예쁘지도 않으나, 오이와 어울려 그럴싸한 자태를 뽐낸다. 게다가 옆 밭에는 파릇하고 가끔 붉은 고추가 농촌의 독특한 존재감으로 아름다운 하모니를 일궈내고 있었다. 역시 농촌은 청정무구 자연이 준 선물이다. 조건 없이 보듬고 안아줄 넉넉함이 있어 좋다. 한국이 이렇게 아름다울 수가 있는지! 쾌적한 공기를 마음껏 마셨다. 그날은 동생과 아름다운 추억을 만들기로 마음먹었다. 사진도 많이 찍고 재미가 한창일 무렵 동창회 총무가 전국 동창회가 있으니 꼭 참석해 달라는 전화를 했다. 나는 '참석하겠다.' 하고 전화를 끊었다. 그날 리졸트에서 샤워를 하고 그대로 잠이 들었다. 한밤중에 코로나에 걸리고 말았다. 아무래도 이상했다. 두바이에 있는 호텔에서 우리 일행을 검사했다. 나는 이상이 없었고 안 걸린 것으로 나왔는데 코로나였다. 동생 시어머니는 난리가 났다. 온 식구가 코로나 테스트를 받았다. 그 후 여동생도 걸렸고 한참 후 동생 시어머니 그리고 제부까지 코로나에 걸리고만 것이다. 동생 가족에게 큰 민폐를 끼쳤다. 다행히도 여행하는 동안은 걸리지 않았다. 그러나 나로 인해 코로나에 걸린 동생네 가족에게 무척 미안했다.

루마니아에 있는 블라드 테페스 성 목적지까지 도착했을 때의 기분은 매우 좋았다.

여동생과 호주 섬 '태즈메이니아'에서

몇 년 전 동생과 호주 섬 '태즈메이니아'에 갔다. 공항에 내리자마약 감지견이 우리를 열심히 따라붙었다. 나는 개를 무척 무서워해서 어찌할 줄 몰랐다. 개가 그렇게 따라붙으니 겁도 났다. 공항 공무원이 안심을 시킨 뒤 가방을 다 열어보라고 해서 모두 열었더니 바나나가 3개 있었다.

"과일은 절대로 가지고 오면 안 된다." 했다.

렌트카를 하려다 없다는 말에 실망하고 구경할 마음이 달아나서 호텔에서 잠만 잤다. 이튿날, 우리는 바닷가로 가서 싱싱한 굴을 먹었다. 잘못 먹은 바다 굴로 배탈이 나서 호텔에서 이틀 동안 밖에도 못 나가고 동생과 나는 고생했다. 렌트카가 없으니 기운도 없었다. 우리는 일일 관광차로 유적지와 유명한 곳을 다니다가 호텔로 왔다.

일주일 후 동창회를 갔다. 나는 절대로 마스크를 벗지 못했다.
동생은 나를 동창회에 참석하지 못하게 하려고 했다. 왜 남에게
민폐를 끼치려고 하느냐였다. 나는 엄마의 묘소를 다녀온다고 하고
도망을 나왔다.

옛 노래와 동창 1

 우리가 간 그곳은 천혜의 자연환경으로 아름다운 강원도였다. 이효석 작가의 단편소설 「메밀꽃 필 무렵」의 문학관도 갔다. 이틀 동안 쉬고 오랜만에 동창회에 친구들을 만났다. 그녀들을 보는 순간 아직은 나는 그들보다는 여러 면에서 양호하다고 생각했을 정도로 많이 세월이 간 아이도 있었다. 그동안 밀렸던 이야기를 주고받으니 행복했다. 우리는 계곡에 흐르는 물에 발을 담그고 옥수수와 감자를 먹으며 옛 시절의 이야기로 도란도란 이야기꽃을 피웠다. 강원도는 감자가 유명하다. 부침으로는 감자 파전, 감자 해물전이, 그리고 옥수수로 만든 올챙이묵이 맛있었다. 산나물의 맛은 '이곳에 참 잘 왔구나' 하는 마음마저 들게 했다. 불고기에 상추쌈 먹을 때 1년 묵은 총각무 잎으로 만든 물김치는 그야말로 표현하기 힘들 정도로 우리의 입맛을 돋우어주었다. 푸르고 푸른 멋진 숲에서 즐거움을 마음껏 했다. 우리가 예약한 숙소는 과일과 상추 그리고 복숭아가 한창이었다. 계곡에는 유유히 뛰어노는 각종 물고기와 가재를 보니 근심 걱정이 없다. 송어는 우리가 주는 먹이를 먹으면 숨바꼭질하듯 이리저리 숨었다가 다시 나타나는 모습은 평화로웠다. 마치 어디선가 슈베르트의 〈송어〉 노래가 들리는 듯 매우 인상적이었다. 밭에서는 옥수수와 고추가 아름다운 조화를 이루고 있었다. 파란 숲과 하늘에는 아름다운 구름이 마치 버섯처럼 보였다. 태릉 먹골배처럼 황금빛의 배도 있었다. 저녁에는 별들을 보고 도란도란 오랜만에 서로의 안부의 이야기를 나누면 행복했다.

그날 저녁 음악과 춤 그리고 노래로 정겨움이 넘쳐 리조트를 뜨겁게 달구었다. 매미들의 노랫소리, 깊어 가는 여름 정취를 듣는 소중함도 느끼는 공간이었다. 동창들은 술 한 잔씩 하더니 돌아가면서 노래 부르자고 야단들이다. 나는 피아노는 잘 치지만 노래는 그다지 잘하는 편이 아니라 늘 부담스럽다. 내 차례가 되자 나에게 노래 부르라고 친구들이 야단들이었다. 처음엔 음치로 일관하며 넘어갈 줄 알았으나 그럴 수가 없었다. 나는 행동으로 팔다리 모두 다 흔들면서 분위기를 맞추었다.

"노세 노세 젊어서 노세, 늙어 지면은 못 노나니"

신나게 몸을 흔들면서 목청을 높이며 노래를 부르자 친구 명자가 '스톱!~~, 스톱'을 외쳤다. 나는 놀라워 넘어질 뻔했다.

"……."

"너, 그 촌스러운 노래를 왜 불러, 우리를 할머니로 아는데, 정말로 섭섭하다. 우리 젊거든 야야!~ 너 마친 거야!"

"아니!~~"

그녀는 많이 취해 있었고 혀도 꼬부랑거렸다.

"너, 영어로 노래 부르라고. 호주에서 왔으니!~~" 하면서 소리를 질렀다. 그녀는 한참 취기에 올라 있었다.

"그 시절 유행하고 함께 불렀던 〈love me tender〉(Elvis Presley) 아니면 〈All for the love of girl〉(Johnny Horton), 아니면 우리 고고 시절 합창곡 〈Swing low, Sweet chariot〉을 부르라고, 너 옛날에 노래방에서 잘 부르더니…."

이때, 피아니스트 최명옥은 "야, 수임아, 〈G 선상의 아리아〉 불러 줄래!" 그녀가 이러는 이유는 연관이 있다. 우리는 명동 필하모니에 가면 자주 이 곡을 신청해서 듣곤 했다. 그래서 그녀는 그 추억을 상기시키기 위해 나에게 이 곡을 신청한다고 말을 했다.

그들은 실망한 눈빛으로 재미없다고 여기저기서 큰소리로 질러 댔다. 다시, 너무 많이 여기저기서 방해를 놓아서 나는 설명을 하고 불러야 그들이 가만히 있을 것 같았다. 내가 이 노래를 선택한 이유를 말해야 동창들이 잠잠해질 것도 같았다. 생각이 여기까지 미치자,

"야, 동창들아, '유희적 인간(Homo Ludens)'의 특징을 잘 말해주는 것이 이 노래야! 너희에게 메시지도 줄 겸 될 수 있는 대로 한 나이 적을 때 시간을 내 여행하고 놀아. 노래처럼 이 노래엔 철학과 많은 뜻을 내포하고 있다. 삶을 한 번 더 생각하게 하는 지혜로운 노래다. 화무는 십일 홍이요[花無十日紅], 달도 차면 기우는지라, 절세미인도 권력도 잠시요, 노세 젊어서 놀아, 권력도 많아야 12년이요 달도

차면 기우나니, 권력도 영원하지 않고 다 지나가는 것이라고, 즐기라고, 결국, 나이테가 늘어 가면 학식과 사회적 지위와 관계없이 놀러 다니기 어렵다. 한 나이 젊었을 때, 나이 들고 다리에 힘이 없으면 놀러 못 다닌다."

그제야, 친구들의 허락과 눈길을 사로잡고, 그러자 모두가 손뼉을 쳐주었다. 노래가 끝나자 '앵콜!' 했다.

이 노래는 언제부터인가 나의 폐부를 깊숙이 파고들었다. 아주 희미한 기억을 회상할 때 동네 할머니 할아버지가 기분 좋아서 덩실덩실 춤추시면 노래 부르시던 것이 생각났다. 블라드 테페스 성을 다녀온 후 이 노래는 나의 노래가 되었다.

이 노래를 우리는 함께 동창회 뒤풀이로 재청 노래로 함께 불렀다. 그때 앉아 있던 친구들이 너나 할 것 없이 노래를 불렀다.

몇몇은 엄지손가락을 여러 번 축 커 올리면 환호해주었다. 그들은 해맑은 웃음을 짓고 함께 정감이 가득해 기분이 좋은 유쾌한 시간이었다.

옛 노래와 동창 2

다음 날 '시골 밥상'이란 간판에 정감을 느끼며 토속적인 것에 내 모든 마음을 빼앗기고 만다. 옹기 정찬에 각종 생선조림, 맛있는 조림과 산나물로 우리에게 최고의 분위기 먹을 것을 제공했다. 우리는 맛있게 밥 먹으며 훈훈한 이야기로 유쾌한 시간을 보냈다. 그동안 난 한국에서 보고 느낀 것에 실망하고 있었다. 정제되지 않은 댓글과 몇몇 정치인들의 겉 다르고 속이 다른 '수박'에 놀라웠다. 한국에 문화가 퇴색돼 '안전불감증'을 보고 마음이 멍들어가고 걱정됐다. 그러던 중 동창회에서 많은 힐링을 했다. 나는 무념무상의 힐링의 나만의 시간을 가졌다. 그날 갑자기 먹구름이 몰려오더니 한바탕 소나기를 뿌리곤 저 너머 한켠으로 사라졌다. 그렇게 동창회는 자연과 함께했고 내가 동창들에게 준 메시지로 인해 그들은 가급적 다리에 힘 있을 때 시간을 내 여행도 하고 남에게 봉사하며 남은 삶을 즐기면서 재미있게 살기로 했다. 친구들은 빡빡한 스케줄, 삶이 바쁘게 살다 보니 많이 후회된다고 했다. 이제는 나이 젊을 때, 가슴 떨릴 때, 그리고 다리에 힘 있을 때 여행도 하자. 동창들은 이 노래를 우리 동창회의 뒤풀이(세레모니)로 신나게 다시 노래했다. 나에게는 아름다운 추억이 있어 늘 삶이 새로움과 행복해진다. 삶에서 추억은 마음을 아름답게 만든다.

내 얼굴이

"어마!"

"큰딸아! 발음이 이상해, 왜, 그래?"

"어마! 내 입이…. 내 입이 어마! 나 어떻게 해!"

엄마를 불렀는데도 발음은 '어마'로만 계속되었다.

엄마는 얼마나 급하게 오셨던지 옷은 뒤집어 입고 신발도 못 신고 그것도 슬리퍼를 짝짝으로 신고 달려오셨다. 그 모습이 너무 우스웠다. '하하하' 웃고 있는데 엄마는 울고 계셨다. 내 마음은 '와디' 건천이 되어 가고 있었다. 얼굴 한쪽에 편마비가 왔다고 무척 걱정하시면 눈물을 글썽하시면 내 볼을 만져주셨다. 피아노 학생들은 후배 선생님들에게 맡기고 급히 엄마와 한의원으로 돌입했다. 우리 모녀의 다급한 마음에 비해 한의사는 느긋했다.

그때는 학교에서 오전반과 오후반이 있어서 피아노 학원 학생 수 60명이 가능했다. 또한, 아이들이 피아노 배우는 것 당연시했고 피아노 학원이 많아 경쟁도 심했던 때였다. 내 여동생도 피아노 선생님으로 피아노 학생들을 가르치고 있었다. 당시 많은 학생으로 인해 무척 피곤한데다가 둘째 아이 낳은 지 얼마 안 된 상태였다. 어느 한여름인지라 시원하게 잠깐 학원에서 잠을 자다가 이렇게 입이 돌아간 것이다. 8월의 무더운 여름날 탓인지 바닥이 시원해서 잠깐 잠이 들고 말았다. 일어나보니 이상하게 입이 돌아가는 느낌이었다. 입은 점점 돌아가 잠깐 사이에 입이 눈 밑에까지 갔다. 눈은 빨간색으로 차마 거울을 볼 수가 없었다. 입은 시간마다 급속도로 돌아가는 느낌이 심해 가고 있었다. '피' 'S'자를 말하니 발음이 되질 않았다. 나는 그날부터 3개월 동안 침을 맞으며 아픔에서 고통스러워했다. 그러나 좀처럼 차도가 없었다. 내가 살아가는 이유가 무엇인가, 이대로 살 수가 있나, 죽고 싶었다. 자살을 생각할 정도로 심각해지기 시작했다. 한의원을 다니면서 침을 맞은 것이 3개월이란 시간이 흘렀지만 입은 귀밑에까지 걸렸다. 그때 갑자기 겁이 나고 무서움이 엄습해 왔다.

"엄마! 나는 너무 두렵고 무서워!"

"딸아! 괜찮아! 입 다시 돌아올 거야!"

"엄마! 삶의 무게가 갑자기 무거워지고 가장 힘들고 걱정되는 것이 있어, 엄마!"

"큰딸아! 걱정하지 마! 입은 돌아올 거야!"

"두 살 연하의 남편이 과연 끝까지 살아줄까! 그리고 내 자식들이 혹시 학교에서나 어디에서 함께할 때 내 엄마라고 할지 아니면 부끄러워하지 않을까!' 생각하니 갑자기 가슴이 콩당콩당 하고 마구 뛰어. 엄마 나 어떻게 해!" "……."

엄마는 울고 있어서 말이 없다.

내가 사는 게 힘들어서 그런 것으로 생각하시고 우시는 것이다. 이유와 목적이 갑자기 죽냐 사냐 딜레마에서 서성이는 것을 발견하고 무서움에 치를 떨고 있었다. 게다가, 그 당시 산후 우울증으로 극도로 긴장 상태에 있었다. 나에게 연달아 일어나는 견디기 힘든 일들은 충격으로 다가왔다. 나에게 영화에서 본 드라큘라처럼 계속 다가오고 있었다. 우연과 필연으로 생각하기엔 너무 무서웠다.

3개월이 되자 차도도 없이 점점 심해져서 눈은 빨간색으로 뒤집히고 있었다. 나는 엄마에게 급히 다른 한의원으로 바꾸자고 했다. 즉시 엄마 친구 중에 한 분이 바로 집으로 오시겠다고 했다. 그분을 집으로 모시고 치료하기 시작했다. 한의사가 나타나자마자 나는 떨리는 손과 목소리로

"선생님! 저 좀 살려주세요! 제발!"

발음도 헛나오기 시작하자

"이것 심각하네요!"

콧물, 눈물범벅이 된 얼굴을 보신 그분은 겨우 나를 안심시키고 침을 얼굴에 놓으셨다. 한의사 선생님은 내 얼굴에 꼭 쑥뜸을 떠야 서서히 돌아온다고 쑥뜸을 준비하셨다.

"쑥뜸을 떠야만 입이 서서히 돌아오고요, 다시는 이런 일이 없도록 예방 차원에서 쑥뜸은 해야만 합니다."

"쑥뜸!" "무서워 말아요!"

"나 전생에 죄를 지었나 봐, 엄마!"

"아니다, 딸아!"

그리고 쑥뜸을 뜨시자 갑자기 얼굴 얼었던 부분이 피 순환이 되고 있다는 느낌으로 얼굴에 무엇인가 스멀스멀 기어가는 느낌이 왔었다.

"의사 선생님! 제 얼굴에 벌레가 기어 다니는 것처럼 피가 도나 봐요!"

"걱정하지 마세요. 이제 피 순환이 됐습니다!"

그래야 서서히 입이 돌아온다고 하셨다. 고통은 극도로 엄습한 것에 생살이 타는 뜨거움에도 참아야 했다. 그분은 훌륭한 한의사였다. 그동안 3개월 동안 무의미하게 침만 맞았는데, 이번에는 한 번의 침과 쑥뜸으로 점점 돌아온다니 그분의 말씀만 믿고 기다리면 결과를 믿었다. 마침 마법사 할아버지께서 기적을 일으키신 것처럼 정말로 입은 서서히 나의 본래의 모습으로 돌아왔다. 피가 통하듯 조금은 찌릇 찌릇 한쪽은 기분이 약간 찝찝한 느낌, 그것은 엄마가 해주신 음식을 먹고 이제는 증상이 완전히 제자리에 돌아왔다.

그렇게 1년 6개월 후 내 모습은 완전히 제자리에 정확히 돌아왔다. 그때는 정말 죽으라면 죽을 수 있겠다는 생각으로 살았다. 그 후 나는 한의사께 고마워서 호주에서 한국에 올 때 큰 꿀을 선물로 사서 꼭 찾아뵙곤 했다. 무수히 많은 사람을 고치신 그분이다. 그러나 이제는 이 세상에 안 계신다.

다행히 내 입이 돌아왔고 이제는 정상이다. 옛날에 차가운 맷돌을 베고 자면 입이 돌아간다고 할머니께서 하신 말씀을 잊어버렸는지, 아니면 너무 더워서 차가운 것이 좋아서 누웠다가 잠이 들었던 모양이다. 내 입 돌아간 것 생각하면 무섭고, 생각만 해도 끔찍하다. 난 참으로 운이 좋은 사람이었다. 영원히 그렇게 못 고친 주위 사람들을 마주하다 보면, 그 한의사님이 좀 더 살아 계셔서 그들도 고치셨더라면 하는 안타까운 마음이 든다. 정상인이 된 나는 그분의 은혜에 감사하다.

애굽 총리가 된 요셉

요셉이 꾼 꿈을 생각하고 그들에게 이르되 "너희는 정탐들이라 이 나라의 틈을 엿보려고 왔느니라"(창세기 42:9). 그는 엄중하게 그의 형들 앞에서 말했다. 지난날 그 시절 자기가 꿈을 꾸고 그 꿈을 형들에게 말했다가 질투와 시기에 많은 수모와 굴욕을 겪으며 고생하다가 그렇게 하나님의 축복 속에서 성공해 애굽의 총리가 된 요셉이다.

그 꿈이 현실에서 이루어지고 있음을 순간 지각하는 요셉의 모습이 그려져 다가오는 이 순간을 그들 형이 알았을 리가 없다. 요셉의 기행이 부른 결과는 참 아름답다. 요셉 그가 아버지로부터 사랑받았기에 형들에게 미움을 받고 힘들었던 것도, 그래서 애굽으로 팔려가서 수많은 고난을 이기고 총리가 된 것도, 그리고 자신의 인생에 있었던 모든 것은 하나님의 계획이란 것을 감지한다. 요셉은 자신의 인생은 결국은 하나님 손안에 있다는 것을 깨닫는다.

"너희는 이같이 하여 너희 진실함을 증명할 것이라 바로의 생명으로 맹세하노니 너희 막내아우가 여기 오지 아니하면 너희가 여기서 나가지 못하리라."(창세기 42장 15절) 했다.

그런데도 요셉이 취한 행동이 그와는 반대였다. 왜냐하면, 요셉은 무언가 원하는 것이 분명히 있었다. 형제 중 한 명이 감옥에 가고 친동생을 데려올 것을 요구했다. 그러나 아무리 사랑하는 아버지 야곱과 동생 베냐민이 보고 싶어도 왜 그렇게 해야만 했는지, 베냐민을 데리고 오라는 요셉의 진심 어린 이유는 따로 있다. 자신의 인생을 고달프게 했던 형들에게 옛날 일을 생각하고 회개의 기회를 준 것이다. 지난날 형들은 아버지 야곱이 자신들보다 요셉을 더 사랑한다는 질투심에, 요셉의 옷에 피를 묻혀 요셉이 짐승에 의해 죽었다고 비밀로 아버지 야곱을 철저하게 속였다. 그의 형들은 그 옛날 요셉을 애굽으로 팔아 버리고 그 어떠한 죄책감도 없었고, 요셉은 이것으로 형들에게 복수라기보다는 하프타임을 가지게 하고 그들의 죽은 양심이 다시 살아날 기회를 선물했다.

"이들이 서로 말하되 우리가 아우의 일로 인해 죄를 범하였도다. 그가 우리에게 애걸할 때에 그 마음의 괴로움을 보고도 듣지 아니하였으므로 이 괴로움이 우리에게 임하였도다."(창세기 42절 21절)

요셉은 형들이 자신들의 죄를 알고 회개하도록 일깨워준 것이다. 그들은 오랫동안 숨기고 온 죄에 직면하게 되었다. 그들의 죽은 영혼을 다시 일깨워주는 순간이다. 요셉은 놀랍게도 형들의 쌀자루에 돈을 다시 넣어 돈을 훔쳐 간 도둑으로 만들어 다시 애굽으로 돌아올 수 없는 이상한 상황에 접하게 만들고 만다. 아마도 대가를 치르게 한 것이다. 애굽에 볼모로 남은 시므온을 구하기 위해서는 형들은 반드시 베냐민을 데리고 그곳으로 돌아와야 했다. 그것은 그들의 목숨이 걸린 문제이다. 자신들이 버린, 그리고 시므온을 다시 찾기 위해 엄청난 대가를 치르게 한 것이다. 사랑해서 그들이 깨닫게 하고 회개하고 과거의 책임을 묻는 동시에 대가를 치르게 하는 것이었다. 야곱이 이스라엘이 되려면 차별부터 고쳐야 한다. 큰 프로젝트로 이를 행한 사람이 바로 요셉이다. 야곱, 그의 삶의 전반전은 권모술수에 의존했다면 후반에는 인생을 전적으로 하나님께 의존하는 삶으로 바꾸었다.

차별은 마음을 아프게 하고 마음을 멍들게 하는 가장 비열한 인간에 대한 대우이다. 차별이 존재하는 곳에는 항상 아픔은 있고 상처가 있다. 차별 때문에 상처받는 영혼이 있다. 가정에서 혹은 세상에서 가장 비열한 방법이 차별이다. 요셉의 이야기는 늘 나를 깨닫게 했다. 성경에는 많은 훌륭한 인물들이 있지만, 특별히 요셉의 삶에 초점을 둔 이유는 차별을 고찰해보고 싶어서다.

그의 아버지의 가장 큰 죄는 차별이다. 그리고 형들과 아버지는 큰 죄를 짓고도 외면한 채 삶을 살아왔다. 그래서 요셉은 특별한 계획을 세운다. 그들이 깨닫고 회개하게 과거의 책임을 묻는 동시에 대가를 치르게 한 것이다. 요셉의 행동에 놀라운 것이 또 하나 있다. 그의 묘한 방법은 아버지 야곱에게 아주 무섭게 운명이 가해 지도록 한 것이다. 그 치명적인 고통은 베냐민까지 잃어야 하는 심각한 두려움을 준 것이다. 야곱 그에게는 두 번째의 고통이다. 요셉의 번쩍이는 반전은 다시 시작되고 그가 상상 못 했을 리가 없다. 열두 명의 형제들에게 옷 입는 것부터 차별로 아픔과 슬픔을 준 아버지 야곱은 수많은 실수와 죄를 반복하고, 이제까지 삶을 유지한 것이다. 야곱은 요셉이 애굽으로 팔려간 후에도 차별이 계 속되었다. 아니, 오히려 베냐민을 요셉 대신 더 심하게 형들과 차별 했을 것이다. 그래서 요셉은 아버지의 그 차별대우를 알았기 때문 에 베냐민을 아버지 품으로부터 구해냈다. 놀랍게도 이것은 성공했 다. 야곱은 그의 요구대로 자식을 자기 품에서 내보낸 진짜 아버지 가 되었다. 차별의 뿌리를 뽑자는 요셉의 계획이 성공한 것이다. 요셉의 기행이 부른 결과는 참으로 가치 있는 가족 성장을 성공적 으로 이끌었다. 사실 요셉의 형들은 너무나도 양심이 없고 과거에 자기 형제를 버리고도 그 어떤 책임도 지지 않고 아버지마저 속인 그 엄청난 죄를 지었다. 형들이 회개하게 하려고 요셉은 그렇게 해야만 했다. 이렇게 스릴 넘치는 야곱은 아버지를 속인 후 형의 축복을 가로채고 어머니에게 다시 돌아오리라는 약속을 뒤로 한 채 방랑자가 되었다. 그 후 야곱은 삼촌과 속고 속이는 삶속에서 부인과 결혼하는 과정도 복잡했다. 야곱은 거부가 되지만 그의 삶 은 그 성공이 전부가 아니었다. 그가 속인 사람들에게 늘 죄책감에 괴로웠을 것이다. 자신이 뿌린 대로 거두게 되고 모든 것이 부메랑이 되어 자신에게 돌아온다. 그의 가증한 모습은 아들 요셉의 훌륭한 계획을 통해 그의 마음에 비추어줌으로써 인생의 하프타임을 가진 후 자신의 참모습을 본다. 그때가 바로 그가 속인 형에서가 그의 식솔 400명을 데리고 야곱이 있는 곳으로 온다는 소식에 그때야 자신이 속이고 속이는 인생의 삶 속에서 깨달음을 가진다. 그의 하프타임은 그의 이름까지 바꾸게 한다. 파란만장한 그의 삶 속에 아들 요셉은 아버지에게 깨닫게 하는 시간을 준 것이다. 요셉의 삶을 살펴보면 그가 하나님을 믿고 신뢰한 아름다운 이야기이고, 어렵고 힘든 분투의 삶의 시작은 바로 자식들을 편견 하는 아버지 야곱으로부터이다. 다른 한편으로는 형들의 질투로부터 불행은 시작이 되었다. 씨는 뿌린 대로 거두며, 그래서 '사필귀정'이라는 말을 해야 하는 대목이다. 그 꿈이 현실에서 이루어지고 있음을 순간 지각하는 요셉의 모습이 그려져 다가오는 이 순간을 그들 형이 알았더라면….

영화 〈피아노 치는 여자〉를 보고

이 영화는 문학에서의 사랑과 욕망에 대한 고정관념을 무너뜨렸다. 작가 옐리네크(오스트리아 출생), 그녀의 작품세계는 억압, 굴레, 그리고 파멸의 세계가 뒤섞여 이해가 쉽지 않다. 나의 인생 가치관으로 볼 때 나에게는 도저히 용서가 안 되는 작품이다. 한편으로 비범한 언어로 세상은 놀라고 부조리를 압도적으로 폭로하는 이상한 언어와 언어 사이의 싸움을 음악으로 풀어내 주는 드문 작품으로 멋진 부분이다. 『피아노 치는 여자』*는 묘사와 호연으로 평단의 극찬을 받았다. 이 작품은 성적인 남녀의 관계 과정을 아주 날카로운 언어와 음악으로 표현한 영화이다. 이 영화 속 음악은 음악적인

---

* 『피아노 치는 여자(Die Klavierspielerin; The Piano Teacher)』(1983년 작)는 2004년 노벨문학상 수상자인 오스트리아 작가 엘프리데 옐리네크(Elfriede Jelinek)의 작품으로, 영화 〈피아노 치는 여자〉(미카엘 하네케 감독, 2001년 프랑스에서 첫 개봉. 국내에서는 〈피아니스트(The Pianist)〉로 2016년 개봉됨)의 원작소설이다.

경지에 가까운 높은 수준이다. 처음에는 피아노라는 격조 높은 환상, 제목과 설정만 보고 '로맨틱하고 우아한' 느낌의 영화로 생각하고 동생과 함께 영화관을 들어섰다. 하지만, 영화는 정말로 냉혹한 세계를 이야기로 보여준다.

나의 인생, 가치관, 그리고 나의 엄마의 교육으로 볼 때 나에게는 도저히 용서가 안 되는 작품이다. 세상을 놀라게 했던 노벨문학상에 빛나는 소설, 주인공을 통해 자신의 어머니를 세상에 고발한 작가의 자전적 성격이 강한 작품이기도 하다. 특히 영화는 깊이 있게 탁월한 언어로 구사되어 있고, 메시지는 '권력체제와 비인간적인' 그리고 모범이 되어야 할 쪽에서 인간의 잔학성에 대한 언어적 열정과 비판이라고 보였다. 독설과 조롱의 언어는 또 무엇인가 물어보게 하는 영화다!

나는 영화를 보다 말고 그만 보고 싶다고 동생에게 말했다. 동생은 '세상을 놀라게 한 노벨문학상을 탄 작품'이니 더 보자고 해서 마지못해 다시 앉았다. 음악을 전공한 나와는 다르게 심리학을 전공한 동생의 분석이 아주 다르다는 것이 매우 흥미로운 일이었다. 이 소설을 읽은 동생과 영화만 본 나의 분석이 또 다르다. 누군가 영화의 주인공처럼 강도 높은 스파르타식 훈련을 받은 사람이 영화를 보면 느끼는 것이 색다를 것이다. 나는 이전과 달리 심리학을 전공한 동생과 함께 분석하니 이제야 분석이 되었다.

이 영화를 심리학으로 보면 많은 부분이 프로이트와 그의 계승자인 라캉의 정신분석론에 의해 분석했다. 영화 속 음악은 음악적인 경지에 가까운 높은 수준이라고 다시 말하고 싶다. 주인공의 엄마, 과거로부터 시작된 변태가 만만치 않다. 라캉의 정신분석적인 주장을 많이 요구하는 이상한 영화다. 칸 영화제를 통해 수면 위로 올라온 수많은 논란의 대상의 작품! 게다가, 갈수록 특정 심리 장애를 잘 표현한 영화로 주요 증상과 진단 기준, 임상적 특징은 작가의 페미니스트적 시각들로 녹아 있다. 여성을 이용해 세상의 문제를 제기하고 도전장을 내민 작가는 노골적인 성 묘사로 세상의 논란을 불러일으켰다. 현실 속에서 남녀 관계를 구조화하는 사회적 환상을 폭로하고 현대인들을 고발한 작품이다. 심리 장애의 주요 증상과 사도마조히즘, 변태성욕자의 또 다른 이름과 욕망을 비뚤어진 성향으로 이끌어간다. 엄마와 딸의 아름답고 고귀한 종속의 관계가 비정상적으로 치닫는 모녀의 모습이라고 했다. 이 엄청난 관계가 이상하게 깨어지는 관계 속에 성장한 그런 관계의 가능성에 세상을 또 한 번 놀라게 했다.

작가 옐리네크는 오스트리아 수도 빈대학에서 독문학을 전공했다. 그녀는 재학 중 시집도 출간했고, 음악과 연극 그리고 독문학을 공부했다. 1983년에 발표된 이 소설은 영화로 만들어졌다. 54회 칸 영화제에서 주요 부문 3관왕과 남녀주연상을 받았다. 그녀는 노벨문학상 수상 전에도 많은 작품을 쓴 유럽의 유명한 작가이기도 하다.

영화는 그녀의 과정을 그린 영화라고도 볼 수 있다. 주인공 에리카 코후트같이 철저하고도 강인하게 스파르타식으로 교육한 엄마로 인해 정신장애를 앓기도 했다. 엄마는 유명한 피아니스트로 딸을 키우려 했으나 반발해 연극을 하게 된다. 주인공 엄마의 어린 시절, 꼭 하고 싶은 피아노를 못 해 딸에게 대리만족하려는 모습에 현대의 자화상을 보는 것 같다. 나는 영화를 보면서 자식을 소유물로 여기어 자신이 못다 이룬 것을 자식을 통해 이루고자 하는 대리만족하려던 자신이 부끄러웠다.

"감독 미카엘 하네케는 모녀 사이에서도 이상한 일들이 일어날 수 있다는 것을 상상해 만든 영화라 귀뜸했다."

물론 피아노는 어릴 때부터 타고나야 한다. 한편으로 혹독한 훈련과 엄마의 강행군도 함께해서 삼박자가 맞을 때 피아니스트가 된다. 사회의 문제를 고발해 또 한 번 세상 사람들을 놀라게 한 작품, 그래서인지 "오스트리아의 독문과 대학원 강의에서 가장 많이 다뤄지고 있는 최고의 인기 작품"이 『피아노 치는 여자』이다.

이는 내가 오스트리아를 방문했을 때 Austria Vienna에서 만난 문학과 교수님(University of Vienna/Austria)에게서 직접 들은 말이다.

〈피아노 치는 여자〉 줄거리

오스트리아 빈 음악원에서 피아노를 가르치는 삼십대 중반의 독신 교수 에리카 코호트와 젊고 미남형의 연하 제자 발터 클레머와의 사랑, 주인공 코호트는 오이디푸스 콤플렉스를 극복하지 못함을 통해, 그녀 아버지의 역할을 엄마에게 해준다. 독설과 조롱의 언어, 에리카 코호트와 어머니 사이의 복잡한 관계, 엄마의 강박적인 스파르타식 교육 방식 등 우리 사회의 많은 어머니상을 그려내고 있다.

주인공 어머니는 아버지 없이 자라는 딸을 남편 대신에 가까이 밀착해 어릴 때부터 피아니스트가 되도록 격려와 사랑, 때론 혹독하고도 매서운 스파르타식 훈련을 강행한다. 주인공은 엄마의 소유물로 철저하게 외면당하는 것들로 수두룩하다. 딸은 엄마로부터 받은 상처투성이다. 기형적 소유자로 전락해 병적인 인간으로 변태성욕자로 명예와 성공은 없고 모든 것을 엄마에게 반납한 것이다. 상대방에게 학대, 집착 그리고 서로를 남자의 대체물로 여기는 이상한 엄마와 딸 관계이다. 주인공의 아버지가 정신병원으로 간 지 얼마 안 되어 사망하자 남편의 빈자리를 딸로 채우려 가까이 밀착시켜 그녀 심리를 뒤흔든다. 딸은 엄마의 소유물, 철저하게 그녀로부터 외면당하는 것들도 수두룩하고 상처투성이다. 피아니스트에서 좌절하고 기형적 소유자로 전락하여 피아노 선생으로 살아가게 됐다.

영화의 주인공 코후트, 미래의 꿈을 위해 자유로움을 반납했다. 세계적인 피아니스트가 되기 위해 대학캠퍼스의 아름다운 꿈도 이성과 만남도, 그 많은 청춘의 욕구들을 묻어놓고 지낸 것이었건만, 이 때문에 유보당하고 만다. 연습과 연습을 강행하면서 피아노를 위해 탄생한 사람 같이 성공하면 얼마든지 부귀영화는 누릴 수 있으니 지금은 오직 피아노에만 포인트를 두라는 엄마의 세뇌 교육, 그리고 그녀에게 가해지는 가스라이팅, 주인공 코후트는 끝없이 당하고 만다. 그리고 〈피아노 치는 여자〉는 이상한 성행위 묘사로 한때 논란이 컸었던 작품이다. 딸은 엄마의 품에서 벗어나질 못하고 옷 하나를 사더라도 엄마의 멘토링이 필요한 멘티가 되어 있는 자신을 보지만 빠져나오질 못했다. 딸은 엄마와 같은 방을 쓰고 함께 잠을 자게 된다. 어린 유아기에는 자연스러운 일이나 사춘기 시절엔 남달리 생각할 수도 있고 딸의 사춘기에 일어날 수 있는 섹스 욕구와 갈망을 감시당하게 된다. 또 놀라운 것은 엄마의 섹스 상대가 되어 애무와 흥분 그리고 짜릿함을 느낀다. 염려스러운 일은 또 있다. 딸의 정상적인 섹스 발달은 저하되고 이상한 방향으로 돌파되고 만다. 그런 성향으로 상처받은 딸은 인생의 멘토이자 롤모델 엄마의 모습에서, 반대로 점차 주인공을 변태성의 성인으로 성장시키는 엄마. 그녀는 변태 성욕 적인 언행과 행동으로 사디즘, 마조히즘, 관음증 등을 딸에게 요구하는 것이 만만치 않다.

이로 인해 주인공은 연인 10살 아래의 클레머 제자와의 정상적인 성관계를 가질 수가 없다. 멘토링의 엄마는 멘티의 인생을 엉망으로 만들어간다. 그리고 딸의 개인화 분리를 허락하지 않는다. 엄마와 딸은 하나라고 고집한다. 엄마로서 합당하지도 않고 말도 안되는 엄마의 뒤틀린 과거로부터 시작된 변태, 결국 가엾은 딸로 키운다. 갈림길에서 헤매는 주인공, 정신세계가 이상한 남다른 엄마, 제자와의 맺어지는 과정을 통해 이성 관계, 그리고 엄마와의 이상한 관계의 본질을 충족 적이고 도발적인 이 엄청난 일이, 이 세상에 존재하게 하는 것만으로도 세상은 뒤집힌다. 딸에게 지나치게 집착하는 엄마의 비뚤어진 욕망을 표출하며 딸을 교육하는 그녀는 분명히 정신적, 심리적 장애 환자로 볼 수밖에 없다. 어쩌면 편집성 성격장애 적인 것도 가끔 보인다. 오이디푸스 콤플렉스를 극복하지 못함을 통해 아버지 역할로 엄마의 섹스 상대가 되어 주고, 돈을 벌어서 엄마를 부양하며, 만족을 채워주는 존재로 전락한 주인공이 가엾기까지 했다. 주인공은 친구들을 함부로 사귈 수도 없다. 이성과의 사랑은 금지된 상태로 그것을 허용하면 결국 엄마는 외톨이가 되니까 주인공의 자아는 없어진 지 오래다. 엄마의 허락 없이 옷을 사면 엄마는 혼을 내고 변태성욕자에 사랑이란 것은 꿈도 꾸지도 못하고 기형적인 인간이 되어 버린 것이다. 삼십대 중반의 나이에도 결국 딸은 사랑에 실패하고 엄마의 품으로 돌아가고 만다.

아이들과 플레밍 톤 시장

호주에 이민 와서부터 토요일이면 농산물 시장인 플레밍 톤 시장을 자주 갔다. 가족이 모두 과일과 채소를 좋아해서이다. 이곳은 생산자와 소비자가 직거래하는 곳이라 물건도 좋고 싱싱하다. 이곳은 홈부쉬 올림픽 공원 가까운 곳에 자리 잡고 있다. 한국에 석촌호수 옆에 살 때 가락시장을 갔던 버릇 때문에 자주 간다. 지난달 엄마가 호주에 오셨을 때 과일 9박스를 사는 것을 보고 엄마는 내귀에 대고 "너! 과일 장사하니?" 하시고 웃으셨던 것 기억이 났다. 아이들이 과일을 맛있게 먹는 것이 나는 즐거워 과자는 안 사주고 과일은 많이 사준다.

호주는 어린아이들을 보호자 없이 집에 두었다가 누군가 신고하면 법에 어긋난다. 그때 아이들 나이는 5살, 4살 그리고 2살이었다. 아이들이 서로 돕고 잘 놀기에 빨리 시장을 갔다 오면 된다고 생각하고 갔다. 그날은 아이들이 좋아하는 노란 키위와 사과, 복숭아

등 맛있는 과일들을 많이 사 왔다. 우리 집에서 시장까지는 차로 10분 정도 걸린다. 처음에는 상품이 좋아서 갔지만, 다국적 사람들이 살다 보니 여러 가지 낯선 과일도 있고 재미있는 일도 많다. 나는 열심히 우리 식구들을 위해 일주일 먹을 과일과 채소를 차에 가득히 싣고 집으로 왔다. 평소처럼 큰아들 이름을 부르면 문을 열고 들어갔다. 엄마하고 나오는 아이들이 대답이 없고 집은 적막이 흘렀다. 나는 무슨 일인가 하고 놀라서 집안의 문을 열고 미친 듯이 뒤뜰과 방을 모두 열었지만 집은 고요했다. 너무 놀라서 허둥대고 큰아이 이름을 계속 부르며 뒷마당까지 찾았으나 그 어디에도 아이들은 없었다. 단 한 번도 이런 상황을 생각지도 못했었다. 전화기 옆에 보니 메시지가 있었다.

"아이들을 보호하고 있으니 켄터베리 경찰서로 오시오."

찰리로부터 경찰서는 우리 집에서 멀지 않아 뛰어서 경찰서를 들어서자마자 그 안에 우리 아이들이 "마미! 마미~" 하고 큰소리치고 나오려고 하니, 경찰관으로부터 제지를 받았다.

"잠깐만 기다려라. 아이들아!"

오늘 아이들이 얼마나 놀랐을까 생각하니 가슴이 미어지고 내려앉았다. 나는 충격적인 모습을 보고 놀라고 말았다. 순간 두 발로 서 있는 내 다리가 흔들리기 시작했다. 찰리 경찰관 한 분이 말씀했다.

"호주는 어린아이들만 집에 두고 볼일 보려고 가는 것은 법에 어긋납니다, 어디를 갔었나요?"

하면서 나에 대해서 이름과 주소를 모두 물어보고 그제야, 우리 아이들 막아놓았던 조그마한 문이 열렸다. 막아놓았던 문을 열어주니 아이들은 '마미~ 마미~' 하면서 나에게 달려와서 안겼다. 나는 두 팔 벌려 아이들을 가슴으로 안아주었다. 그들을 데리고 나오며 하늘을 쳐다보니 하늘은 내 마음을 알았는지 먹구름이 지나가고 비가 오려고 했다. 내 마음을 모르는 아이들은 내가 사 온 과일을 맛있게 먹고 즐거워했다. 이 사건은 옆집 할아버지와 할머니가 아이들이 밖에 나와서 울기에 신고해서 일어난 것이다. 나는 그들에게 물었다. 꼭 그렇게 해야만 했는지! 하지만 그들의 대답은 이유가 있었다. 그들은 호주인이었다. 당신의 할아버지가 일본군에게 끌려가서 갖은 고문을 당해서 우리가 일본인 줄 알았고 그들은 싫다고 했다. 나는 순수한 한국인이고 우리도 일본에 36년 동안 당한 역사를 말해주었다. 일본인이 아니었으니 미안하다고 사과를 했다. 그들은 그렇게라도 복수를 하고 싶었다고 했다. 그런 일도 있구나! 어쩌던 내가 법을 어겼으니, 나도 미안하고 앞으로는 그런 일이 없을 거라고 하고 집으로 왔다.

나는 옆집 할아버지와 할머니에게 미움의 감정이 가시질 않았고 원망스럽기만 했다. 그 후 나는 다시는 그런 바보처럼 행동하지 않았다. 토요일이면 아이들을 친구 스탠리와 로빈 친구에게 맡기고 플레밍 톤 시장을 다녀오곤 했다. 친구에게는 좋은 과일과 채소 한 박스 만들어주었다. 그렇게 호주 사람이래도 이웃 사람처럼 신고하는 사람과 스탠리와 로빈처럼 늘 도움이 되는 친구가 있다.

다른 친구들은 친척이 여기에 많은데 나만 이렇게 외롭게 사는 것 같다. 석촌호수에 살 때처럼 친척이 이곳에 산다면 이민 생활이 이렇게 힘들지는 않겠지, 그때가 그리웠다.

호주에 이민 와서 처음부터 한국에서 피아노 학원을 운영했던 경험으로, 이곳에서도 피아노를 열심히 가르쳤다. 항상 바쁘다 보니 정신없이 앞만 보며 살아왔다. 두 노부부가 아이들 경찰에 신고하지 않나, 이번에는 옆집 레바논 남자가 피아노 소리가 시끄럽다고 불만을 제기하였다. 그때 그의 어머니는 아들에게 그렇게 하지 말라고 혼을 내주었다. 우리 집이 사는 곳이 아파트도 아닌 단독 주택인데, 이러다가 스트레스 때문에 죽을 것 같아서 6개월 후 이사를 했다.

왜! 그리도 멀리 살아야만 했는지

"왜? 그리도 멀리 살아야만 했는지!" 나는 유럽여행을 다녀와서 12월 5일에 호주로 갔다. 엄마는 12월 23일에 돌아가신 것이다. 나는 깊이 후회했다. 조금만 더 한국에 있었더라면 마지막 가시는 엄마를 보았을 텐데, 내가 오스트리아 비엔나에 연주 때문에 갔다 온 사이 너무 많은 일이 일어났다. 베토벤, 슈베르트, 그리고 바흐의 묘에도 다녀왔고 이번 여행은 흡족해했지만, 지금 나의 마음은 허무하다.

그러나 엄마와의 잠시 가졌던 추억은 너무 잘한 것 같다. 오스트리아에 갔다온 후 한국에 잠시 머무르면서 엄마와 함께 내 올챙이 시절로 돌아갔다. 엄마가 만들어주신 올챙이묵, 도토리묵을 먹으며 손두부도 만들어 김치와 달걀부침을 고봉으로 얹고 갖은양념을 그 위에다 얹어서 맛있게 먹었다. 그때 살아 있는 올챙이도 구경하면서 엄마와 추억을 만들었었다. 내가 이민 가던 날 김포공항에서 엄마 속도 모르고 신나면서 "호주 시드니에 가서 많이 발전해 올게. 엄마!" 했던 말이 아프게 밀려오기는 처음이다. 엄마는 무척 보내기 싫어했다. 딸을 당신 곁에 두고 싶어 하셨었다. 이별의 서러움을 참고 있는 엄마 마음 몰라준 것이 후회스럽다. 세상에, 얼마나 매정해 보였을까? 호주에서 나는 가족에게 엄마를 화장하지 말라고 부탁했다. 그러나 장례식 끝나기 전 오빠는 화장 후 강에 뿌리자고 했다. 동생들은 "엄마가 큰딸을 그리워하다 돌아가셨으니 아버지 묘 옆에 모시자" 해서 그리했다는 말에 고마웠고 위로가 되었다.

때는 겨울, 엄마 장례식에 참석하기 위해 항공권을 사려고 하니 크리스마스철이라 표 사기가 힘들었다. 표가 있어도 3배가 높은 5천 불을 주고 사야 해서 여동생과 통화를 했다.

"언니야! 언니가 한국 도착하면 이미 엄마는 화장되어 한 줌의 재가 되어 있을 거야. 12월 초에 보았으니 그냥 그 모습만 기억해." 하고 전화를 끊어버렸다. 어찌나 섭섭했던지!

어쩌다가 멀고 먼 곳에 살다 두 분의 임종도 못 지킨 불효자가 되었는지 서러움이 복받쳤다. 잠시 다시 그리움으로 다가왔다. 그리고는 엄마와 아름답고 영원한 기억들이 순간 멈추었다.

부모님의 묘소를 오가며 그리움을 토해냈다

동생이 말했다.

"엄마 장례식 날에 수많은 사람이 그 추운 엄동설한에도 장례식에 참석해 애도했었지! '나도 엄마처럼 살아야 할 터인데'."

여동생이 전해준 엄마가 운명하시면서 하신 말,

"큰딸 오기 전엔 눈 못 감아."

나를 몹시도 그리워하며 버티다 버티다 끝내 하염없이 눈물만 흘리시며 잠자듯이 조용히 눈을 감으신 엄마.

"엄마! 미안해. 그리도 그리던 큰딸이 왔는데도 어째 말이 없나요! 시드니 딸, 멀리 있는 엄마 보러 오느라 수고했다고 말 해줘요."

맨발로 뛰고 주름진 얼굴을 내 뺨에 비벼주시던 그 정! 그 뺨!

루마니아와 조지아를 가기 전 고국에 와 엄마가 좋아하시는 봉선화 한 송이를 부모님 묘 앞에 놓고 목 놓아 울었다. 그곳에는 부모님과 남동생이 함께 잠들어 있는 썰렁한 그들의 보금자리이다.

지금 아버지는 땅이 그분의 방이라 하고 누워 계신다.

울 엄마는 한 줌의 흙으로 변해 아버지 곁에 계신다.

'누나! 누나!' 하던 남동생도 한 줌의 재가 되어 자기가 먼저 고인이라 하니, 참 어이가 없다.

그렇게 하라고 양보하고 돌아서니 눈물이 났다. 할 수 없이 동생이 먼저 고인이라고 인정을 해주고 왔다. 나는 죽으면 어디로 갈것인가! 인생이 무엇일까! 모처럼 하는 시간을 가졌다. 나의 가치관은 무너지고 아노미 현상이 온다. 너무 혼란스럽다. 속절없이 내마음의 터전이 흔들리고 있다. 이곳저곳 조각나 있던 마음이 상처로 남았다. 한 줌의 재가 된 울 엄마 생각에 마음이 미어지고 영혼은비통해졌다.

엄마가 살아 있다면, 미리 해 놓으신 여러 음식—견과류, 도토리묵, 그리고 산나물—등이 있었을 텐데 하고 생각했다. 엄마는 딸을생각해서 감추어두셨던 귀한 음식들—시드니에서는 돈 주고도 못사 먹는 올챙이묵 등의 먹거리들—을 맛있게 해주셨었다. 그 음식을 먹었던 추억에 잠겨 더욱 가슴이 아팠다. 나는 엄마 묘에서 올챙이묵이 먹고 싶다고 빨리 달라고 졸라댔다.

"엄마! 큰딸 도토리묵과 올챙이묵 먹고 싶어! 내가 입 돌아갔을때 '어마' 하고 발음했더니 금세 내가 이상하다고 옷도 거꾸로 신발도 짝짝이로 달려와 주신 울 엄마!" 금방 달려와 준 엄마. 나는이제 그럴 엄마가 없어졌어요.

그때 어디서 날아왔는지 이름 모르는 새 한 마리가 나를 못 울게 했다. 부모님 묘 옆 나뭇가지에 앉아서 '오~겠죠' '오~겠죠' 했다.

어디선가 또 다른 새 한 마리가 날아와서 나뭇가지에 앉았다. 그 새가 그렇게 하지 않았더라면 동생한테는 인사도 안 하고 갈 뻔했다. 한참을 울고 난 후에야 남동생이 그곳 부모님의 묘 밑에서 잠들어 있다는 것을 생각하고 나보다 먼저 간 그 남동생의 묘 앞에서 울었다. 그 동생이 아기였을 때 내가 업어주다가 뒤로 넘어져 허리를 다쳐서 아프다고 할 때 많이 미안했던 동생이다.

새는 '오~겠죠' '오~겠죠' 하고는 포르릉 하고 날아갔다.

"……." 왜 내 귀에는 그렇게 들리는지 신기했다.

나는 묘소를 오가며 그리움을 토해냈다.

난 놀라서 한참을 바라보았더니 또 다른 새가 '다시 오겠죠' 그러더니, 입에 무언가를 가득히 물고 날아가 버렸다. 나는 묘 옆에 앉아서야 비로소 인생의 하프타임을 가져보았다.

갑자기 연속극 〈있을 때 잘해〉가 생각났다. 엄마가 호주에 다섯 번 왔는데, 그때마다 너무 바쁘게 사느라 잘못해 드린 것만 같아 마음이 더욱 서러웠다. 딸아이가 그린 내 12개의 팔을 그린 그림을 보시더니 나를 보고 하시던 말, "메뚜기도 한철이야. 딸아, 일만 하지 말고 젊었을 때 아름다운 추억도 많이 만들고, 하고 싶은 것 모두 해봐."라고 한 그 말이 떠올랐다. 그리도 고운 내 엄마가 어떻게 한 줌의 재로 변하다니 이 장면을 눈감고 상상만 해도 너무나 고통스럽다. 아버지, 엄마 그리고 남동생 부디 영면하소서!

나는 개인적으로 소망 하나가 있다. 한 장르에 충실한 전문가가 아니라 그저 엄마 곁에 있고 싶은 것이 나의 소망!

21세기에는 사람이 죽으면 화장을 선호하지만 난 엄마 옆에 있고 싶다. 그렇게 원하는 대로 될지, 두 분의 묘는 멀고 먼 산중에 있다. 난 먼 나라 호주 시드니에 사는 나로서는 꿈일 뿐일까!

이 딸도 나이가 드니 생을 마감한다면 엄마 곁에 있게 해주면 좋겠다는 소망 하나를 말씀드리고 자리를 떠났다.

엄마는 나의 상담자 멘토링

"엄마 철없던 올챙이 딸아이가 이제 개구리가 되었어요. 엄마이 계집아이는 때론 엄마를 원망도 했고 때론 대항도 했었어요. 이 좁고 좁은 가슴으로 어찌 바다같이 깊고 깊은 엄마의 뜻을 헤아렸을까! 엄마가, 옳았어요!"

내가 어릴 때부터 엄마는 나의 상담자 나의 인생의 멘토링이였다. 그 옛날 엄마는 내가 피아노 하루 3시간에서 5시간씩 연습해야만 했다. 나는 개인지도를 받으러 눈이 오나 비가 오나 가야 했다. 한때는 '엄마가 죽었으면 좋겠다고' 한 생각이 문득 떠올라서 철없었던 나를 용서해 달라고 빌었다.

연습이 소홀하면 무서운 호랑이 같으셨고, 피아노가 끝나면 따뜻한 사랑으로 감싸주시면서 내가 좋아하는 올챙이묵, 때론 메밀묵을 손수 만들어주셨다. 어릴 때 엄마는 내가 좋아하는 올챙이묵, 자주 만들어주셨다. 엄마가 올챙이묵 만드는 모습을 쪼그리고 앉아 보는 나를 올챙이라고 농담하셨다.

 "맛있는 음식은 사랑하는 사람이 여기에 있어요." 하면서 엄마는 피아노 연습을 마친 나에게 항상 맛있는 음식을 만들어주셨다. 그 기쁨에 나는 더 열심히 검은 건반과 흰 건반으로 내 작은 미래를 향해 갈 수 있었다. 그렇게 피아노 연습이 끝나고 나면 엄마와 오붓한 시간을 보냈다. 엄마는 가끔은 농가로 가서 자연학습도 시키셨다. 개구리 알이 올챙이가 되어 올챙이가 어떻게 자라는지 가르쳐주었다. 그때 본 개구리 알은 나에게 몹시 신기하기만 했다. 지금 생각하면 자주 올챙이가 자라는 과정을 보여주신 것은 겸손을 가르쳐주기 위해 하셨던 것을 내 나이 50이 넘어서야 그 큰 뜻을 알았다. 때론 가을에 석류를 먹게 하시고 그 속에 들어 있는 알맹이, 하니 콘을 보여주시면 분명히 그것을 만드신 창조자가 있다고 하셨다. 나는 붉은 하니 콘처럼 생긴 석류가 신기하고 누가 만드셨나 잘도 만들었다고 생각했다. 겸손을 늘 강조하신 엄마가 이젠 없다. 여기저기서 무서운 줄도 모르고 튀어나오는 메뚜기와 개구리들, 참으로 정겨운 가을이다. 이것이 7살 계집아이가 올챙이 시절, 엄마와 함께한 추억이고 사랑의 감정이다. 그녀는 딸이 음악연습을 잠깐이라도 멈추게 되면, 딸의 창의적인 불빛이 사라질 걸 염려해서 연습에 연습의 훈련을 시키셨다고 알려주셨다. 어릴 때 우리 집 주위에는 항상 봉선화가 많았다. 내 손톱에서 봉선화, 연분홍색, 보라색, 하얀색, 그리고 때로는 노란색으로 번갈아 가면서 물들여주셨던 엄마,

그때가 나에게는 아름다운 추억으로 남아 있다. 지난해 친구 영애네 집에 가니 집 주위에 봉선화가 한창이었다. 그때 그 순간 엄마와의 추억이 필름처럼 지나가면서 울 엄마 생각이 난다. 봉선화의 꽃말은 '나를 건드리지 마세요'이다. 난 오늘도 그 냄새가 그립다. 내 코에서는 매혹적인 그 냄새가 난다. 엄마는 인정이 넘치고 다정하셨다. 나는 매니큐어를 바르지 않는다. 그 봉선화 매력적인 냄새가 좋아서이다. 엄마는 늘 나의 의견을 들어주시고 상담해주셨다.

엄마가 계실 때 잘한 것이라고는 국제전화를 하루에 한 번씩 매일 전화해 목소리 듣는 것이었다.

"아구! ~~~ 내 딸 전화해줘서 고맙네!"

우리는 그렇게 보고 싶은 그리움을 그것으로 대신했다. 일주일에 전화 한번 드리는 것을 무척이나 좋아하셨다. 그때마다 엄마의 노래 한 번씩 듣곤 했다. 그전에는 한 번도 엄마의 노래를 들어보지 못했었다.

여보시오 정훈

내가 미국에 살 때 호텔을 경영하던 친구가 베푼 친절이 아름다워서 적어 본다.

"정훈! 여기서 잠자다가 입이 더 돌아갈 수도 있으니, 내가 호텔 작은 방 하나를 줄 터이니 와서 편히 잠자시오!"라고 했다.

그는 감사한 마음으로 호텔에서 잠을 자기로 했다. 그가 막상 호텔에 가서 잠을 자니, 매일같이 꿈에 '거지'가 되는 꿈만 꾸었다고 했다. 다음 날도 또 그 다음 날도, 그가 다시 호텔을 나와 노숙자가 됐다. "사짱님, 예! 지는, 예! 여기가 좋습니다. 예!~~~"

이 호텔 앞에서 잠을 자니, 다시 옛날처럼 꿈에 호화로운 호텔에서 잠자고 사는 꿈을 꾼다면서 그것이 더 행복하다고 말하는 정훈!

아침 일찍 호텔 사장님에게 전화한다.

"아, 이 사짱님, 문안드립니다."

"저, 전 문안 드리고 떠나럽니~~~데이, 사짱님 편히 계세요?"

"그럼, 정훈, 호텔 안이 그리 불편하면 방 하나 마련할 테니 그곳에서 잠을 자고 당신 마음대로 생활하구려."

"사짱님요! 지가 그래도 됩니까." 한다.

"그럼요."

"고맙습니다, 사짱님요!"

"지가 이 은혜를, 어떻게 갚을 수 있나요!"

"왜! 그렇게 말씀하시나요! 당신은 이미 다 갚았소?"

"사짱님요! 내 눈물이 다 나옵니다."

그가 사장님을 만나기 전에는 노숙자였다. 나이는 알 수 없으나, 지천명쯤 되어 보이는 한 남자가 호텔 가까운 화단에서 저녁 12시쯤이면, 어김없이 호텔에 나타나 화단 자리를 깔고 잠을 자고 아침 일찍 사라진다. 하루는 호텔 매니저가 말했다.

"다시는 여기서 잠을 자지 마세요. 우리 사장님께서 보면 아마 큰일 날 것입니다."

자신의 사무실에서 이를 지켜본 호텔 사장은 그의 사정은 알 수 없으나, 매니저를 시켜 몇 번을 지켜보고 아는 사람 같으니 사진을 찍어 오라고 했다. 사진을 본 사장은

"그런데, 어디선가 많이 본 얼굴인데, 오래되 기억이 잘 안 나."

그는 매우 궁금해서 확인 차 1시 좀 넘어서 그곳을 갔더니 그는 곤히 자고 있었다. 뒤돌아서 오려다가 호텔 사장은 다시 갔다.

"성함이 어떻게 되시는지요?"

그는 잠깐 눈을 비비더니,

"……."

"여보시오, 주무시는데 미안합니다만, 며칠을 당신을 멀리서 지켜보고, 기억을 더듬어 보니 내가 아는 분인 것 같아서 이렇게 왔습니다."

"……."

그는 말이 없다.

"그 옛날 내가 사업으로 망해서 어려울 때 도움을 준 함박스테이크 집 사장이 아닌가요?"

"사~~짱님! 잘못했구먼요, 오늘 하룻밤만 여기서 자게 해주세요, 다시는 안 잘게요!"

"여보시오! 정훈."

"아니!, 호텔 사장님이 내 이름을 어찌 아시나요?"

"그 옛날 함박스테이크 집 사장이, 사장님 아니시~오."

"아! 네."

"여보시오! 정훈, 난 알지요. 내가 어찌 당신을 어찌 잊겠소."

"내가 어느 날 갑자기 사업이 망해서 노숙할 때 당신이 나를 불쌍히 여겨 볶음밥을 가끔 먹으러 오라고 했지요. 난, 너무 배가 고파 여러 번 간 적이 있지요."

"사~사짱님! 지는 예!, 이러지 마이소. 예."

그는 약간의 치매가 왔는지, 아니면 왜 저렇게 바보스러워졌는지 사장은 이해하려고 노력했다. 그는 완강히 부정했다.

"그렇소? 아무튼, 지는 아니고 만유 사~짱님!"

"당신은 틀림없이 그때 그 사장 정훈입니다."

그의 이름은 분명히 정훈이었다. 그의 눈썹 위에 큰 점이 있으므로 호텔 사장은 금방 기억했다.

"정훈 당신은 나를 몰라도 난 당신을 기억하오, 내 어찌 당신, 당신을 잊으리오!"

그때야, 그는 "사~사 대장님요! 사실은 지가 펜데믹이 오는 바람에 장사가 안돼서 집사람은 집 나가고 자식놈들은 나를 버렸습니다. 내가 오갈 때 없어 겨울에 찬 땅에 자다가 제 입이 이렇게 되지요. 바름이 잘 안 돼 바보스럽지, ~~~예"

"괜찮아요!"

그는 그동안 재산을 잃은 후 몸은 바보가 되고 말았다고 했다. 게다가, 찬 땅에서 잠을 자서인지 입이 많이 돌아가고 눈은 빨갛게 변해 가고 있다. 돈이 없어서 병원을 못 가고 있었다.

그는 눈을 여러 번 껌뻑껌뻑하고 춤을 조금씩 튀기면서

"사짱님! 새로운 장소 찾아갈 겁니다. 며칠만 여기서 잠자게 해주이소!"

이제 겨울이 오면 떠나야지요. 정훈이 입에서 나오는 말은 바보보다 더 심하게 바름이 안 되고 있었다. 호텔 사장은 그에게 말을 했다. "병원부터 갑시다." 그는 호텔 사장님 주선으로 덕분에 다시 가족을 만나서 매일 행복한 삶을 살았다.

피아노의 삶

처음 피아노를 올바르게 배우지 않고 손 자세가 안 좋은 상태에서 어느 레벨까지는 가는지 몰라도 레벨이 점점 높아지면 손가락 모양도 좋지 않고 베토벤의 곡이나 모차르트의 소나타처럼 빠른 곡에서 손이 안 돌아가 분명 좌절하게 된다. 하지만, 그런 약점들을 고치려고 노력한다면, 자신이 가지고 있는 가장 커다란 장점이 될 수 있다. 이것은 늦지 않으니 고치고 가는 길이 바로 지름길이다. 약점은, 자신이 약점이라 생각하고 늘 숨기려고 들 때 정말 약점이 되고, 반대로 그 약점을 약점이 아닌 나만의 장점으로 승화시키면 다른 사람이 가지지 못한 장점이 되기도 한다. 어쩌면, 아무것도 모를 때 바로잡으면 약점이 강점으로 바뀐다. 이것이 나의 41년 피아노 선생님 경험의 자세다. 최근에 나는 내 평생 직업인 피아노 선생님의 시절을 뒤돌아보니 참으로 내 직업을 잘 선택했구나 하고 만족해했다. 내가 피아노 학원을 하면서 아이들을 수십 년 가르쳤다. 그런데 오르가니스트(organist) 친구가 음악치료사 Counselling로 일한다고 했다. 나는 음악치료사 Counselling에 매력을 느끼고 그렇게 하고 싶었다. UTS와 시드니대학에 음악치료사를 지원했었다. 그때 실기시험은 피아노로 통절형식을 요구해서 모두 10개의 소리를 피아노를 쳐서 만들어냈다. 예를 들어, 슈베르트의 '마왕' 말발굽 소리를 피아노로 그 소리를 만들어내는 것이다. 다행히 실기에서는 합격이었다. 일주일 후 인터뷰에서 심사의원은 말했다.

"수, 실기는 잘했지만, 네가 영어가 모국어가 아닌데 의사처럼 환자의 상태를 모두 '영어로 기록하고 리포트'를 해야 하는데 할 수 있었겠냐."며 물었다.

결론적으로는 인터뷰에서 떨어진 것이다. 이제는 내가 좋아하고 가장 잘하는 피아노만 열심히 해야지 하고 음악치료사가 될 생각을 접었다. 예술은 노력과 재능이 있어야 한다. 피아노는 잘하는 내가 수학이나 영어까지 모두 다 할 수는 없다는 것을 이제야 알고 깨달았다. 나는 이때부터 피아노만 열심히 가르치기로 했다.

어느 가을날 피아노를 배우려고 엄마가 아이를 데리고 학원에 오셨다. 한번 피아노를 쳐 보라고 했다. 피아노를 제대로 쳐 본 적이 없는 아이는 손가락 모습이 엉망이다. 처음 피아노를 올바르게 배우려면 손가락 자세가 잘되어 있어야 하는 것은 피아노를 배운 사람이면 누구든 안다. 오래전에 내가 처음 골프를 배우고자 선생님을 만났다. 마치 피아노를 배울 때처럼 처음 자세부터 가르치는데 이때 자세가 나쁘면 필드에 나갈 수가 없다고 선생님께서

하신 말씀이 생각이 난다.

피아노도 마찬가지로 올바른 선생님의 지도 속에서 자세와 손가락을 바르게 배운다면 점차 흠잡을 데 없이 피아노를 배워 나아간다. 오히려, 혼자서 마구잡이로 피아노를 치다 보면 손가락 자세는 굳어져서 안 된다. 처음부터 배우는 아이들은 가르치기도 수월하고, 제대로 된 손 모양과 자세를 잡아주기에 유리하다. 이는 선생님의 음악적 깊이와 진정성이 필요하다.

내가 가장 싫어하는 것은 어디선가 피아노를 배우기는 배웠는데 자세와 손가락이 엉망으로 나에게로 와 고치려고 노력하지 않은 것이다. 잡아주고 고쳐주어도, 한참이 걸려서 또 그 못된 습관이 나온다는 것이다. 보통 사람들은 자기 자신의 약점을 숨기고 그 약점을 고치지 않고 평생을 가지고 간다.

학부모님들께서 나를 구관이 명관이라고 하시면 학생들을 데리고 찾아주셨다. 나는 피아노 교재를 바이엘과 체르니가 학생들에게는 기교면에 꼭 필요하다는 생각으로 새로운 교재 베스틴과 같은 교재가 많이 나왔지만 나는 끝까지 바이엘로 학생들의 테크닉을 가르쳤다. 바이엘 피아노 초보 교재 1번에서 106번까지는 그 번호마다 멋진 기교들이 들어 있다. 그리고 24개의 장음계와 단음계만 잘 끝나면 체르니 50까지 어려워하는 학생은 드물다. 참 좋은 교재들이다. 내 피아노 교수님도 나를 처음부터 그렇게 가르치셨다.

JP 선서하던 날

JP 선서하는 날이다. JP란 'Justice of the Peace'의 약자이다. 나는 미래에 대한 기대와 희망을 품고, 무슨 일이든 책임감을 느끼고 하겠다는 결심과 함께 일찍 집을 나섰다. 지저귀는 새 소리는 나의 길을 응원이라도 해주듯 재잘거린다. 따뜻하고 싱그러운 햇살이 아름다웠다. 법원은 사람들로 북적인다. 들어갈 때 까다로운 관계로 차례대로 한참 만에 법원에 들어갔다. 키가 큰 담당자가 나에게 질문을 했다.

"성경책에 손을 얹고 선서할 것인가요? 아니면, 코란에 손을 얹고 선서할 것인가요?"

"예, 나는 성경책에 손을 얹고 선서하겠습니다."

내 앞에는 여러 그룹이 있었는데 우리 그룹에는 인디아인 4명과 나였다. 물론 그들은 코란에 손 얹고 선서하겠다 했다. 얼마 후 우리는 안내자를 따라갔다.

재판관 앞에 앉는 순간 나는 안경을 안 가지고 온 것에 부담을 느꼈다. 대법원에서 JP 선서하던 날 안경을 안 가지고 가다니, 갑자기 내 머릿속에 떠오르는 것은 잘못 대답해서는 안 된다는 것이었다. 내 앞사람이 안경을 쓰고 있어 빌려 달라고 했더니 그녀는 무척이나 당황해했다. 이 광경을 본 판사님도 황당했는지 그는 웃으면서 말씀하셨다.

"내 안경이 맞으면 쓰시죠."

미소를 지으시며 자신도 안경 없이는 못 산다고 한다. 다행히 그 돋보기는 잘 보였다. 아무튼, 그분은 친절한 판사님이었다. 내가 세상에 태어나서 가장 바보 같은 일을 한 것이 이때가 아닌가 싶다.

내가 감사하다고 말을 하면서 안경을 주었더니 얼굴에 환한 미소를 지어준다. 나는 오늘 중요한 날 안경을 안 가지고 온 것에 마음의 밑바닥으로부터 속상함에 나의 가슴을 두근거리게 했기에 충분했다.

뉴사우스웨일스주의 JP 자격증을 받고 일한 지 15년째이다. 나의 고객은 여러 종류의 사람들이다. 코로나가 매우 심각해 JP 사인해 주는 분들이 드물 때 일이었다. 한 젊은 청년이 나에게 전화를 했다. 나는 그에게 어떻게 내 번호를 알았는지 물었더니 인터넷에서 찾았다고 했다. 그리고 호주에서 비즈니스를 하고 있다면서 자신을 소개했다. 나는 먼저 무슨 서류인지 설명을 부탁했다. 본인이 은행 계좌에 입금을 잘못하여 3만 불이 날아가게 생겼다면서 내일 당장 은행에 이 서류를 넣어야만 한다며 다급한 목소리로 말했다. 그의 사정이 매우 딱해 보였으나 겁도 났다. 왜냐하면, 법적인 책임이 늘 도사리고 있는지라 불안과 책임감이 나의 어깨를 무겁게 했다. 돈을 다른 계좌로 잘못 넣어서 문제가 심각하다고 했기 때문이다. 그래서, 그에게 은행에서 JP 사인이 요구되는 현실이었다. 나는 바로 약속하고 만나 JP 공증을 해주었다. 그 젊은 청년은 말했다.

"요즈음 코로나가 심각해 정부에서는 심각하게 경리하지요. 여러 JP에게 전화했지만 모두 전화를 받아도 JP 사인을 못 해주겠다는데 다행히 도와주어 감사합니다." 그때 호주는 코로나로 밖에를 함부로 못 다니는 상황이었다.

그는 나에게 몇 번을 꾸벅꾸벅 고개를 숙였다. 그 후 혹시나 은행에서 항의 편지를 받으면 어쩌지 염려가 되었었는데 지금까지 어떠한 편지도 없으니 다행이다.

나는 사람들을 만나 JP 공증을 할 때 많은 행복을 느낀다. 또한, 사회에 봉사하고 무엇인가 사회에 되돌려주고 싶은 마음이 크다. 특히 호주는 나에게 영주권과 시민권을 주어서 더욱 봉사해야 한다는 마음이다. JP 공증은 공인으로서 명확한 목적의식과 의지와 정열을 가지게 되므로 삶이 기쁘고 보람이 넘친다. 봉사의 기쁨이 강렬한 느낌으로 내 마음속까지 다가와 신이 난다.

호주에서는 관공서에 주요 문서를 제출할 때 반드시 JP로부터 사인과 공증을 받아야 한다. 내가 호주에 와서 관공서에 어떤 중요 서류를 제출하는데 이 제도를 알고 당황한 적이 있었다. 더 당황했던 것은 JP의 공증을 받으려 해도 어디 JP가 어느 사무실에 있는지 찾기가 어려웠던 것이 사실이다. 많은 이민자가 나와 같은 일을 겪고 있다. 나는 호주 시민권을 따고 나서 JP 자격증을 땄다. 이민 후배들에게 내가 겪은 불편을 주지 않기 위해서이다.

호주의 JP는 임기는 5년이며 호주 시민권자로서 지역 국회의원의 추천을 받은 자라야 지원할 자격이 있다. 뉴사우스웨일스주의 국회의원에 의해 선임된 자로 각계각층을 대표하는 봉사자이다. 신청인이 JP 공증을 받아야 하는 때는 영주권을 신청하거나 자격증 취득 또는 동반비자 그리고 운전면허증을 신청할 때 등이다. 이런 서류제출 때는 보통 복사본을 제출하지 원본을 내지 않는 것이 일 반적이다. 이 원본과 복사본이 일치한다는 확인을 받아서 제출하도록 하는 것인데, 이것이 JP 공증이다. 복사본은 위조의 가능성이 있기 때문이다.

법적 진술서는 전문용어로 'statutory declaration'이라 하며 신청인이 직접 작성한 것이다. 법적 공술서가 원본 서류와 일치한다는 JP 공증을 받는 것입니다. 주별로 각 기관에서 JP 공증을 받을 수 있는 것이 호주의 특별한 제도이다. 신청인이 JP 공증을 받으러 올 때는 반드시 여권(Passport)을 지참하고 원본과 사본을 지참해야만 한다. 다음은 호주에서 가장 많이 JP 공증을 요청하는 서류 중에 주로 대표적인 것들이다.

영주권을 신청할 때 여권 공증(Copy of an original Passport), 신청인이 직접 작성한 사유서(statutory declaration), 동반 비자서류(888 form), 입학서류, 진학하고자 할 때 학교 성적표(Grade Academic Transcript

Copy of an original document), 이혼할 때 법원 양식 진술서(Affidavit)
등등이다.

페이스북 Messenger

21세기는 페이스북, 그리고 인스타그램(Instagram)과 같은 소셜미디어가 발전하다 보니 좋고 편리한 점도 많으나, 반면에 '로맨스 스캠' 같은 범죄자들이 많이 늘고 있으니 조심해야 한다고 늘 마음먹고 있다. 왜냐하면, 범죄자들은 범죄의 미끼들을 대본 구성과 사칭할 사람을 SNS에서 찾는다.

친구 연이, 급하게 나에게 전화를 했다. 페이스북에서 친구로 사귀던 의사로부터 사기를 당했다고 울었다.

"얼마를 사기당했어? 어떻게 해?"

"그가 칠천 불을 붙이라고 해서 부쳤어."

"연아!, 내가 두 번이나 너에게 말했는데, 결국 넌 내 말 안 들었구나!" 나는 이미 알고 있었다. 이런 일이 있어서 그녀에게도 조심하라고 경고했던 일이 있었다. 어떻게 내 가까이에서 사기를 당하다니 씁쓸했다. 친구는 '로맨스 스캠'을 당한 것이다.

그녀의 페이스북에서 얼마 전부터 친구로 사귀던 의사라는 남자였다.

실화 영화 〈캐치 미 이프 유 캔(Catch Me if you can)〉(2002, 스티븐 스필버그 연출, 레오나르도 디카프리오, 톰 행크스 주연)처럼 거짓말 같은 일이 전 세계적으로 많이 일어나고 있다.

특히 소셜미디어를 통해 '로맨스 스캠' 사기가 극성이므로 주의가 필요하다. 이 영화는 10대 후반에 희대의 사기꾼이자 수표 위조범으로 활동했으며 현재는 화려한 사기 이력을 바탕으로 기업의 보안 컨설턴트로 일하는 프랭크 윌리엄 애버그네일 주니어(Frank William Abagnale Jr.)의 동명 회고록을 바탕으로 제작한 영화로 꼭 한번 영화를 보면 좋겠다.

페이스북에 예쁜 사진 올리면 안 된다. 그 이유는 '로맨스 스캠' 범죄자 사기극에 이용당하기 때문이다. 얼마 전 한국계 미국 여자 군인은 페이스북에 사진을 올렸다가, 가족과 본인 사진을 범죄자들에게 도용당한 피해자라면서 방송에서 호소한 예도 있다.

범죄자들은 의사인 남의 사진들을 도용해서 의사라고 속이고, 본인이 남자인데도 예쁜 여자들 사진으로 여자 행세를 하면서 그렇게 범죄에 악용한다. 그들은 의사로 돈 많은 척하면서 분쟁국에서 근무하다 보니 본인의 월급이 모두 '비상장회사'(사이비 시큐리티 회사)에 묶여 지금은 돈을 찾을 수 없으니 내가 집에 돌아가면 다 줄 터이니 이메일로 보낸 자신의 계좌로 한국 돈을 요구한다고 한다. 이런 수법을 쓰다가 검거된 케이스가 많다고 방송에서 본 적 있다.

그들은 처음엔 다음과 같은 메시지로 접근한다.

"너 이름은 뭐니?"

"플리케이션(앱), 줄래."

"로맨스 앱, 줄래."로 옮겨서 정들만 하면 사랑으로 발전하게 한 다음 범죄를 실행한다. 그들이 잘 쓰는 것들은 Sweetheart, 장미꽃 다발, 그리고 사진 등이다. 그리고 그들은 사랑이 익을 때까지 매일 아침에 커피 한잔을 사진과 함께 보낸다고 한다.

어느 날 노트북을 열고 영국에 있는 친구와 페이스북 messenger 에서 메시지를 주고받고 있었다. 그때 이상한 메시지가 왔다. 그래 서 나는 페이스북에 올렸던 사진과 메시지를 모두 지워버렸다.

Messenger: "너 지금 많이 외롭지!"

이럴 때 페이스북 같은 것을 SNS를 하면 감정이 몰입될 수 있어 서 안 하는 것이 좋다고 생각하고 노트북을 덮어버렸다. 그런데 다음 날도 계속 메시지가 왔다.

"너, 이름이 뭐니?"

서투른 한국말을 하는 사람이 보낸 듯했다.

또 컴프터를 덥었다.

"너, 이름이 뭐니?"

"뭐, 너, 나에게 반말로 말하네, 기분 나빠!"

잠시 후

Messenger: "응, 내 이름은 조나단 너는!" "너 이름 좀 말해주라, 너의 이름이 무니?"

"이 자식 정말로 끈질기네!, 내 이름은 깡순이다. 너는 왜, 자꾸, 처음 보는 나에게 반말하니?"

"나는 올해 80세 할머니니, 그만둬라"

Messenger: "······."

Messenger: "너 외롭지 않니!" 점점 이상해서 놀려주고 끝까지 해볼 작정이었다.

"아니, 난 가족이 있어. 외롭지 않아!"

Messenger: 조용하다.

이튿날, 또 다른 메시지가 왔다. 본인이 영국인이고 파이롯트이라고 소개했다. 현재 전쟁 국가에서 의사로 파견이 되어 군에서 복무한다고 했다.

그는 외롭다면서 나에게 페이스북 친구 요청을 했다.

나는 친구 요청을 허락하지 않았다.

Messenger: "너 외롭지 않니!"

"그런데, 너 왜 나한테 자꾸 반말해. 너, 한국 사람 맞아?"

"내 이름 깡순이다." 이 나쁜 놈아!

"깡순이! '너의 이름이 무니?'가 아니고, 너의 이름이 무엇인가요? 해야지." 이 나쁜 놈아!

"응, 깡순이!"

3일 뒤에 온 메시지다.

"나, 조나단 ~~이다. 깡순이 나와라. 오버!"

"너, 반말 좀 하지만. 이 도둑놈아!"

"너 소개해주라? 깡 순아, 소셜 미디어가 불편하니, '애플리케이션 (앱)' 혹은 데이팅 앱으로 서로 메시지를 보내자, 응!"

"애플리케이션 (앱) 줄래."

"너, 미친 것 아니야! 나 80세 넘은 노인이 어떻게 그걸 알아 이 미친놈아!"

"애플리케이션 (앱)? 나, 깡순이는 그런 것 모른다. 오버!"

그리고는 카톡 아이디를 달라고 했다.

80 넘은 할머니에게도 어떻게 하는지가 강권이었다.

"아니, 그곳은 전쟁 국가라면서 어떻게 카톡 아이디를 달라고 하니. 나는 80 노인이라 그런 것 몰라!"

조난단: "깡순아! 나 의사라 괜찮아, 가끔 와이파이가 되는 곳이 있어. 그럼 데이팅 앱 줘! 오버."

그때 또 다른 메시지는 계속되었다.

"너, 이메일 가르쳐 줘. 카톡 아이디 응? 응!"

이메일 혹은 인스타그램 소셜미디어에 있는 본인 얼굴 사진을 올려달라는 요청에 나는 모른다고 했다.

조난단의 메시지가 왔다.

"I saw your picture you have beautiful eyes."

"아니, 언제 내 사진을 보았니, 다 지웠는데도!"

거짓말했는데 난 넘어간 듯했다.

"오래전에 페이스북에서."

그 후 나는 페이스북에 있는 얼굴 사진을 모두 없애버렸다.

그런데도 하루에도 여러 개의 메시지를 그는 보내왔다. 사진도 함께 보내주었다. 사진 속 조나단은 미남에다 의사로 환자를 치료하는 모습을 담고 있다. 그리고 자신을 소개했다.

"응, 네 이름은 Christin 조나단!"

그는 자기를 한국계 영국인 의사라고 소개한다. 그는 태어나서 얼마 되지 않아 경기도 어딘가에 있는 보육원에서 생활하다 2살 때 영국으로 입양 갔다고 한다. 그곳에서 양부모님을 잘 만나 의사가 되었다고 했으며, 지금은 해외 분쟁 지역에서 의사로 봉사하는데 많이 외롭다고 했다.

"너, 소개해주라. 깡 순아!"

"…….""조나단, 나, 깡순이는 80 된 할머니야!"

Messenger: 조용하다.

그는 의사임을 강조하려고 부탁도 하지 않았는데 다시 병원에서 진찰하는 사진과 함께 메시지를 보내 왔다.

매우 미남형인 데다가 젊은 의사로 부상한 군인들을 치료하는 모습도 있고 병원 사진도 있다. 친구 연이 5백만 원 사기당한 녀석하고 비슷했다.

그는 계속해서 메시지를 보내왔고 사랑한다며 수많은 장미꽃을 보내왔다. 가끔 아침에 일어나 이메일을 보면 커피 한 잔과 노란 장미를 보내왔다. 때로는 흰 장미도 번갈아 보내왔다. 그리고 그는 나를 사랑한다며 의사 사진과 메시지를 커피 한 잔, 장미와 함께 날마다 나를 유혹했다.

"조나단, 나, 깡순이는 80 된 할머니야!" 그때 너가 본 페이스북에 사진은 가짜야!

조나단: "괜찮아 깡순이!"

나는 이놈을 잡고 싶어서 계속해서 메시지를 보냈다.

그는 혼자임을 강조하면서 빨리 너를 만나서 사랑하고 싶다는 말도 했다. 그는 속마음까지 털어놓았고, 매일같이 메시지가 왔다. 그는 영어로 "I love you Sweetheart I genuinely love you with all my heart"라고 한다.

이제부터 돈 놀리는 수작을 시작한다고 느껴서 더 바짝 어쩌나 보고 싶었다.

조나단은 곧 있으면 제대에 들떠 있다고 말한다. 곧 한국의 제주도로 휴가를 갈 계획인데 휴가를 갈 경비로 만이천 달러를 택배로 보낼 거라고 한다. 그리고 그것으로 숙소를 부탁했다.

"숙소로 아주 아담한 아파트나 리조트를 부탁해, 하하하."

No, No, No.

그러면서 "통관할 때 미국 달러가 필요해, Sweetheart!" 칠천 달러를 먼저 본인에게 송금을 해주면 당신의 집 주소로 만이천 달러를 택배로 보내줄 테니 택배가 도착하면 송금된 금액을 빼라고 주문한다. 그리고 본인의 월급이 매달 '비상장회사(사이비 시큐리티 보안회사)'에 있으니 염려하지 말라고 했다.

No, No, No.

조나단: "Sweetheart! 당신이 돈을 미국 달러로 칠천 달러 보내줘. 내가 이메일로 보낸 계좌로, 응! 어쩌면, 내가 제대하면 이제는 의사가 지켜줘서 '로또 파르테논 컨설팅'을 세우려고 해. 꼭 칠천 달러 보내주면 일찍 제대한다고. 제대하면 돈을 가지고 인천공항에서 장미꽃을 들고 만나자." "응!"

"미친놈!" 네가 이 할매를,

조나단: "Sweetheart! 돈 보냈어?"

"……."

그가 다시 칠천 달러를 요구했다. 이번에는 심하게 요구를 했다.

"……."

"이놈아, 똑바로 살아라."

나는 절대로 그런 사건에 말려들지 않아 이놈아!

"조나단아, 너, 영화 〈Catch Me if you can〉 아니?"

80이 된 깡순이 절대로 너에게 안 속는다. 나쁜 놈 할 짓이 없어서 사기나 치고 다니냐.

안녕! 안녕! 안녕!

: 연화야! 너의 Funeral을 코앞에 두고, 너와의 약속을 못 지켜 편지를 쓴다

"엄마가 오늘 운명하셨어요."

"친구 연화야, 너 딸 제시카가 나에게 전화했다."

엉엉 울고 나니, 연화가 떠난 후 내 마음은 바다 속보다 더 깊은 적막이 고여 있는 듯했다. 공수부대의 용감한 여군인 연화! 하늘을 날더니 결국 하늘로 갔구나!

연화야! 하늘나라는 연화가 세상에서 겪었던, 그 아픔과 고통은 없겠지!

나는 2024년 9월 2일 비행기를 타고 한국을 가야 했다. 하지만, 선거해야 해서 일주일을 뒤로 미루었다. 이미 학교에 1주일 결석했지. 너와의 약속을 지키고 너의 장례식에 참석하기 위해 비행기 표를 또 미루었지만, 사정은 쉽지 않았었다. 먼저, 너와의 약속을 못 지킨 나를 용서해주렴.

살아생전 너는 나에게 다음 같이 말했지!

"친구야! 나 연화가 죽거든 장례l 서비스를 너가 해줘. 너는 JP이 니까. 그리고 마지막 가는 나에게 빨간 장미 한 송이를 내 관 위에 올려줘. 난 하얀 국화는 싫어! 왜냐하면, 군인 동료들이 유명을 달리할 때마다 하얀 국화를 너무 많이 보았거든 슬퍼! 친구야! 약속!"

내가 시드니에 있을 때, 이 약속을 못 지킬 거라고는 꿈에도 생각 못했지! 나는 그 약속을 했지, 꼭 그 약속 지킬 거라고.

연화야! 네가 어느 날 나에게 가장 슬픈 이야기를 하더군!

"내가 암 환자라 6개월밖에 못 산다고 의사가 사형선고를 해서 힘없이 집에 왔더니, 딸들이 내 옷과 소지품을 모두 없애 버렸고 옷이 하나도 없어!" 하면 엉엉 울던 너!

"연화! 나 옷 있으니 같이 입자" 하자 너는 좋다고 하며 활짝 웃던 너! 너는 아파도 모임에는 빠짐없이 참석했지. 어느 날 너를 태워서 너 집에 갔다. 그 순간도 너는 모르핀을 먹어야만 했다. 왜 아니겠냐! 암이 뼈와 머리에까지 전이가 되었다는데, 어느 날 너가 나에게 너무 아프니 집에서 자고 가라고 했다. 그날 저녁 너는 너무 아파 모르핀을 먹고서야 겨우 잠이 들었다. 그런 너를 보면서 나는 얼마나 슬펐는지 모른다. 연화야! 6개월밖에 못 산다던 너, 그 후 10년을 더 살아줘 고맙다. 나는 너가 항상 군인 정신이 있어 명랑해 보였어. 그렇게 모르핀 없이는 못 사는 줄 그때 처음 알았다.

"연화야! 장례 서비스, 그리고 너와 약속한 빨간 장미 한 송이를 관 위에 올리지 못하고 시드니를 떠나야 했다. 대신, 12월에 내가 시드니 가면 너가 원하던 장미 줄게. 그리고 가장 좋아하는 우리 집 뒤 텃밭에 상추 심어놓고 왔다! 상추 쌈해서 밥 먹자. 우리!"

"연화야, 너 나와 약속했던 것 기억나니? 네가 이렇게 말했지!"

"친구야, 나 너 졸업식에 축하해주러 꼭 갈 거야. 그때는 난 아마도 안 아플 거야. 기꺼이 갈게!"

너는 그 약속 못 지키고 하늘나라로 갔구나! 너 이제 몇 달만 있으면 그 약속 지킬 수 있었는데, 내가 박사 공부한다고 했을 때 너는 용기를 주었지. 진한 핏줄의 연대감보다도 더 말이다. 오빠, 여동생 모두 눈물 나게 공부하는 것 반대했지. "60이 넘어 무슨 박사! 그 나이에 교수가 될래? 박사가 쉬운 줄 알아, 뭐 하려고 그 좋은 시드니를 두고 한국에 와서 고생해." 등 그것 때문에 나는 마음고생 해서 10년은 족히 늙은 것 같아. 그러나 후회는 없다. 이제 졸업이니까. 가족이 나를 후원해줘도 힘들 텐데, 큰 반대를 하다니, 심적으로 너의 말이 많이 힘이 되더라. 친구야! 세월이 참 빠르구나! 그때가 엊그제 같은데 벌써 2년이 지나고 내가 졸업이라니…. 내가 공부한 것은 욕망의 늪에 빠져서가 아니야. 학교라는 지성의 성은 그윽한 향기가 있더라! 그곳은 싱그러운 젊음의 향기가 있어서 좋았다. 60이 넘어서 나의 활력의 원동력이 되었고 삶의 의미를 찾았다. 캠퍼스의 젊음이 넘쳤고 나는 교실에서 그들을 바라보면 다시는 올 수 없는 내 젊은 날을 즐겼지! 때론 캠퍼스 연인들이 손잡고 걸어가면 참으로 아름답더라! 연화가 내 졸업식에서 사진도 찍자고 하며 약속했지! 연화야! 내가 이중 국적 가졌을 때 너도 신청하려 그 아픈 몸으로 영사관에 가서 준비하면서 삶의 의지를 나타내던 넌 말했지! "역시! 내 옆에 누가 있는가에 따라 내 삶은 달라지는구나! 나 한국 국적 회복하다니 힘이 나!" 하던 너. 그리고 한국 유명한 곳 여행도 하고 맛있는 것 먹기로 약속하며 삶의 의지가 대단하던 너!

친구야! 우리는 많은 추억이 있었지!

해마다 우리 집 뒤 텃밭에는 해토가 되고 초록빛의 상추가 만발했지! 너는 상추를 너무 좋아해서 대나무로 만든 바구니에 하나 가득히 씻어서 테이블 위에 올려놓았더니 너의 얼굴은 기쁨으로 환했다. 우리는 불고기 바비큐해서 원 없이 상추쌈을 먹었던 것이 생각이 난다. 게다가 경상도 배추 부침, 때로는 강원도감자 부침. 그리고 전라도 전주비빔밥 자주 해 먹었지. 너가 힘겨워할 때 라이팅 리치 온천에도 갔었다. 10월 국군의 날 기념일과 8월 15일 광복절 행사, 군인회 모임이 있을 때마다 너는 늘 나와 함께 하자고 했다. 그때 호주인으로 한국 전쟁에 참석하신 세 분을 나에게 소개해주었지. 해마다 한두 분 하늘나라로 가셨다. 이제는 너마저 하늘나라로 가다니…. 연화가 콘코드 병원에 입원해 있을 때 너는 나에게 한국 영사사관 초청 모임에 대신 가 달라고 해서 초대에 참석했었다. 휠체어 앉아 계신 그분들을 보고 내 조국이 얼마나 위대한지 다시 느꼈다. 나는 그날 비행기를 타고 내릴 때까지 너와의 추억과 아픔이 스크린처럼 지나가더라. 그것은 아마도 너와의 약속 장례 서비스를 못 주간한 것, 그리고 너의 마지막 길에 빨간 장미 한 송이 못 준 미안함 때문일 거야! 연화야! 너 보고 싶다. 너가 갑자기 유명을 달리해서 해서 우리 서로 중요한 약속들을 못 지켰구나!

'모차르트의 진혼곡, 레퀴엠이 첼로 소리 되어 흐른다.'

'영원한 빛과 안식을 연화에게 주소서.'

상담자와 내담자

내가 상담하면서 상담자로서 내담자에게 연민의 정을 느끼며 가슴 아팠던 적이 많았다. 그중에서 이 세 사람은 잊을 수가 없다.

엘리자베스 케이스

나는 겨울이면 호주 '라이팅 리치' 온천을 자주 간다.

이때 엘리자베스를 만났다.

지금부터 엘리자베스를 위해서 남은 삶을 보내도록 도와주었다. 나는 그녀에게 말했다. 자신에게 이렇게 하라고

"엘리자베스, 미안하다. 내가 너를 위해 못살아서 미안하다. 앞으로는 자신을 위해 맛있는 것도 사 먹고, 옷도 사 입고, 자신을 위해서 시간을 많이 투자하도록 하겠노라"라고.

며칠 후 그녀에로부터 전화가 왔다. 하는 말은 다음과 같다. "수, 네가, 하라는 대로 하니, 아침에 일어나면 행복이 굴뚝에서 솟아나

고, 행복이 넘쳐난다."라고 했다. 그러면서 "정말 감사하다." 했다. 앞으로 남은 생은 자신을 위해 살 것이라고. 그날 이후부터 아침에 일어나면 행복이 넘친다고, "행복하고, 고맙다"라며 그녀는 전화를 끊었다.

그날은 이랬다. 시티 센추럴 역에서 7시간을 기차 타고 '다부'까지 '다부'에서 다시 버스를 타고 4시간을 가야 온천이 있다. 이곳은 물이 너무 좋아서 한국인들이 많이 간다. 다원에서 내려오는 물이 매우 좋다. 너무 멀어서 한국 가는 시간과 거의 같아 나이가 많으신 어른들은 가고 싶지만 못 가는 곳이다. 온천은 큰마음 먹고 가야 했다. 그날도 여느 때와 마찬가지로 버스를 타고 오다가 유고슬라비아에서 온 68살의 여인을 만났다. 그녀는 내 옆자리에 앉아 있었다. 그녀의 이름은 엘리자베스였다. 남편이 얼마 전에 죽고 혼자산다 했다. 집은 '다부'에 산다고 했다. 17살 때 호주로 와서 이제까지 초콜릿 공장에서 일하면서 남편은 호주인인데 영주권 받는 조건으로 결혼을 해서 영주권을 받았다고 했다. 그러다 보니 남편은 집에서 놀고 남편과 아이들을 위해 가장으로 살았다고 했다. 그녀의 이야기를 듣고 있자니 너무 불쌍했다.

엘리자베스와 나는 온천에서 오는 길에 많은 대화를 했다. 아직 3시간을 더 가야 다부이다. 나는 그녀를 상담해주었다. 그래서 먼저 그림을 그려보라고 했다. 그림 안에는 집, 가족, 굴뚝, 그리고 나무를 그린 후 문은 마음대로 그리라고 했다. 그녀가 그린 그림 안에는 그녀 자신은 없고 굴뚝은 완전히 막아놓고 유리창은 모두 닫아놓았다. 나는 하나씩 설명을 해주었다. 그녀의 문제는 자신을 위해 산 적이 없다는 것이다. 내가 그런 말을 해주자 그녀는 눈물을 흘리면서 자신이 17살부터 자신의 삶은 오직 가족을 위해 살았고 자신을 위해서 살아본 적이 없었다고 했다.

선화 어머니 케이스

"그 믿음이 한순간에 사라져 버린 날, 인생 그만 살고 싶었다"라는 그녀의 한숨 소리는 나를 아프게 했다.

내 내담자 한 명도 20년 전에 끔찍한 일을 당했었다. 난 그녀를 내담자로 Counselling을 하는 도중에 그녀는

"세상 남자들 다 그래도 내 남편만은 아니라고 믿었다"라고. 이것은 나의 내담자들이 Counselling을 받을 때 거의 모든 여자가 한결같이 하는 말에 놀랐다. 그녀가 말했다. 죄는 미워도 어디 가서 손가락질은 받지 않게 하는 것이 마지막으로 한 남편에 대한 그녀의 배려였단다.

고백이 어찌나 가슴이 아픈지! 나는 그녀의 상담자로서 나의 내담자와 함께 울 수밖에 없었다. 그녀는 남편을 믿은 죄밖에 없다고 고백했었다. 모든 것들이 공허함과 인간 영역에서 탈퇴한 한이 어떤 건지, 아니 그 아픔은 곧 패배자로 하늘을 찌르는 고통이었을 것이다. 그녀의 남편은 상간녀가 있었다. 이혼은 했지만 사는 게 힘들다고 말을 했다.

페미니즘 케이스

그녀의 딸은 호주에서 직장을 다니는데, 그녀가 말하기를 여성들의 직장 성희롱을 조사한 결과 10명 중 한 명은 성희롱을 당했다고 했다. 다행히 이 운동은 많은 여성에게 큰 용기를 주었다고 했다. 딸 가진 어머니들은 이 운동이 더욱 확산해 우리 딸들이 이런 피해를 안 보는 사회를 기대해 본다는 그녀 딸의 인터뷰는 아픔으로 다가왔다. 그러나 세상은 이제 페미니즘으로 간다는 것을 기억하여 내담자 그녀도 색깔과 역할은 다르지만, Me too 운동에 동참하기로 용기를 냈다. 나에게 상담을 의뢰할 때 그 아픔이 죽기보다 싫었다고 상담을 의뢰해 내 내담자가 되었다.

리플리증후군

내가 아는 사람 중에 두 여자가 리플리증후군(Ripley syndrome)을 앓고 있다. 그녀들은 어떤 모임에서 가끔 만나는 사이이기에 싫어도 만나야 했다. 리플리증후군은 자신의 현실을 부정하고 실제로 존재하지 않은 허구의 세계를 실제라고 믿고 행동과 말을 반복하는 가상의 정신질환자다.

나는 그녀들이 원래 그런 줄만 알았다. 내가 상담학과 심리학을 공부하고 나서야 그녀들이 인격장애인이었다는 것을 알았다. 그 후 그래서 나는 상처를 덜 받았다.

이런 부류의 사람은 같이 얽혀봐야 힘이 들고 피곤하므로 될 수 있으면 만나지 말고 접근을 하지 않는 게 좋다. 이에 대해 알고 대처하는 것도 자신의 건강을 위해 시급한 일이며 중요하다는 것을 알았다.

다양한 개성을 지닌 사람들이 있는 모임에 그녀들은 좋은 인상을 주지 못했다. 때로는 거침없이 하는 남의 뒷말에 그녀들은 빈혈을 일으킬 정도로 심각했다.

　한 여자는 자신의 어린 시절을 고백하면서 울기도 했다. 그녀는 어릴 때 계부 밑에서 자랐다. 사랑 없는 가정에서 살다 보니 가정불화로 늘 부모님은 싸우기가 일쑤였다. 두 살 터울 남동생이 태어나면서부터는 동생을 키우는 것은 그녀의 몫이 되었다고 했다.

　부모님들은 항상 그녀에게 남동생을 돌보라고 했다. 그뿐만 아니라 밥도 하라고 했다. 그리고 때로는 매도 맞았다고 했다. 자라면서 남동생과의 차별은 심했고, 성인이 되어서도 계부가 그녀에게 아르바이트를 시켜 돈을 착취당하기까지 했다고 한다.

　또 한 여자는 자랄 때 엄마가 이혼해서 아버지에게 학대당하며 살다 보니 결혼생활에 대한 트라우마가 있었다. 본인도 의부증으로 결국에는 이혼을 당했다. 지금은 영주권을 가지려고 결혼을 해서 남편의 발까지 씻어주면서 매일 남편의 행동을 점검하곤 한다고 했다. 한 번의 이혼 경험도 있지만, 그녀는 남편을 너무 사랑하기 때문에 그런 행동은 정당하다고 생각했다. 그래서 남편을 의심하게 되면 잠을 재우지 않고 추궁한다고 자랑삼아 말했다. 그녀는 늘 외롭게 자랐고, 결혼해서도 남편이 바람피울 거라는 의심을 항상 품고 있다고 했다.

　모임에 있는 몇 사람들이 그녀에게 물었다.

　"그렇게 의심하면 남편이 가만히 있는가?"

"남편은 무척 착해요!"

이런 식으로 편집성 성격 장애인은 타인을 불신하며 의심한다. 나아가서는 완고하면서 적대적이고 방어적이다. 모임에서 보면 비타협적인 태도로 경직되어 있다.

본인들의 말을 듣고 보면 심리치료를 받아야 할 정도로 심각하다. 그래서 만나지 않으려고 하면 전화로 혹은 연락도 없이 집으로 불쑥불쑥 찾아와 민폐를 끼친다. 그동안 이 고뇌를 참아야 했다.

이제라도 편집성 인격장애가 어떠한 사람인가에 대해 알게 되어 다행이다. 그러기 전까지는 남의 뒷말을 하는 그녀들을 대하느라 너무 힘이 들었다.

'저들은 왜? 저렇게 살지!~~~'가 아니라 그녀들은 병을 앓고 있는 환자라고 인지하게 되었다. 어느 날은 모임에서 함부로 말을 하는 그녀들에게 한마디 했다.

"그놈의 거짓말 때문에 좋은 마음이 희석되어 버린 것 알지. 삼사일언(三思一言)이라는 말이 있지. 말은 그만큼 조심해서 하라는 말. 튀려고만 하지 말고, 모든 사람과 공유하며 살지, 얼마 남지 않은 우리네 인생, 좀 유유하게 살다가 가지. 말은 조금 절제하고 살아야 하는 거야!"

이후부터는 그녀들을 편집성 인격장애자로 구분해놓고 이 부류의 사람이라서 그런 거로 마음 정리하니 편해졌다.

심리학을 하고 난 뒤 사람을 대하기가 한결 쉬워졌다. 내가 진작 그렇게 했더라면 그런 고생은 하지 않았을 텐데, 하며 생각한다.

그녀들의 어린 시절 이야기를 들어보면 부모의 따뜻한 사랑을 받지 못하였고 학대적 결속양육 경험으로부터 오는 성격장애로 사회와 학교에 늘 반감과 불만이 가득했다. 자신들이 공격적이고 악의적이며 기만적인 인품을 가지고 있다는 사실을 모른다. 그녀들은 늘 충격적이었다. 늘 부당하게 당해 왔다고 생각해 아주 냉정한 사람으로 변했고 저항이 심했으며 잘 따지고 자기주장이 강한 것은 두 여자가 똑같았다. 그녀들은 친구 사이다.

지금은 내 사진을 페이스북에 올리지 않지만, 오래전 내 페이스북을 어떻게 보았는지 비엔나와 알래스카 여행을 다녀오면서 올린 사진을 본 것이다. 그녀들은 내 사진을 보고 질투 섞인 말투로 나를 경쟁자로 보고 공격했다. 냉혹하고 잘 따지는 말투로 나에게 빈정대며 공격을 했다.

그 이후에도 그녀들은 논쟁적이고 도전적 인간형인지라 상대를 배려하지 못하고 상대의 반응을 불신과 의심의 증거로 삼아 자주 모임 장소에서 회원들에게 화를 냈다. 적대적으로 자기방어를 잘하고 늘 불만이 많아 보임에서 외톨이가 되었다. 그래서 그들은 같이 서로 친구가 된 것이다.

이 유형은 과민한 성격에 공상적인 생각을 많이 하여 기본적인 신뢰가 없는 사람들이다. 그 인간들은 어떠한 삶을 살아왔는지 늘 부당하다고 생각하고 반사회적이며 연극성 성격이 있다. 상대가 본인에게 착취하고 속인다고 강한 공포를 지닌다. 그녀들의 특징은 본인에 대한 손상, 경멸, 모욕에는 결코 용서가 없다.

한 사람은 뿌리 깊은 성격장애로 불안과 우울증으로 인간관계 형성이 극히 어렵고 무의식적인 갈등 장애가 있어 치료가 필요하다. 자각과 통찰, 신뢰 형성에 어려움이 있어 환자의 부정적 감정을 수용하는 것이 무엇보다 중요하고, 인생을 사는 동안 평생 개선해야 한다. 현실적인 문제들을 해결해 가는 것이 바람직하며 인지행동치료, 정신분석적 치료 등으로 공감적 탐색 작업이 무척 중요하다. 그녀들은 편집성 성격장애라 의심이 많고 믿지 못하기 때문에 많이 힘들다. 삶속에서도 부정적인 가정의 굴곡이 많다. 서로 신뢰관계가 몹시 어렵다고 볼 수가 있다.

그녀들은 정신 치료가 필요하다. 그런데 사람의 생활과 삶의 방법이 모두 다르므로 치료를 위해서는 가족 간의 환경과 문화적 차이, 과거 생활사건, 정신적 갈등, 그리고 심리적 이슈 등 환자에 대한 충분한 평가가 필수적이다. 익숙해진 삶을 바꾸기는 쉽지 않지만, 환자와의 신뢰성 그리고 주변 사람들과의 관계가 매우 중요한 역할을 한다. 환자가 현재 직면하고 있는 여러 가지 상황을 고려하고 가까이 가는 것이 바람직하다. 그리고 내면적 갈등을 공감적으로 탐색하는 것이 그 무엇보다 중요하다. 그래서 이 편집성 성격장애의 치료는 오래 걸리고 저항이 심해 치료가 어렵다. 상담자와의 갈등도 자주 발생하여 심리적 치료도 필요하다.

지금은 나는 그녀들을 분리해 놓고 삶을 산다.

그녀들을 보면서 나는 우리 삶에서 라캉의 심리학이 매우 중요하다는 것을 깨달았다.

편집성 성격장애의 특징은 자신에게 상대방이 해를 줄 것을 늘 경계하고 의심한다. 여러 면에서 의심과 불신, 착취, 모욕, 냉대 혹은 위협의 가능성에 대해 그들은 항상 불안해한다.

제3의 세계 내담자

저녁 일찍 자고 아침에 3시 30분에 눈을 뜨게 되니 무엇을 하나 생각하고 고민하다가 그 시간에 세계가 어떻게 돌아가는지 알기 위해서 세계뉴스를 보기 위해 미국 텔레비전 3채널 ABC, NBC, 그리고 NBC를 번갈아가면서 뉴스를 보고 듣다 보면 아침이 밝아온다. 영어권에서 살기 위해서는 꼭 하면 좋겠다는 생각을 했다. 이것이 나의 일과의 시작이다. 또한, History TV에서 유명한 역대 대통령들, 그리고 오프라 윈프리 같은 유명인들의 삶과 인생을 보다 보면 시간 가는 줄 모른다.

내가 아기 때는 먹고는 잠만 자고 순해서 아버지께서 내 이름을 수임이라고 지으셨다고 했다. 사실 나는 누었다 하면 잠자는 사람이다. 여성회 회장님과 함께 칭따오를 여행했는데 하시는 말씀이, "유 선생님은 앉으면 잠잔다."라고 말씀하셨다.

그랬던 내가 이제는 나이가 들다 보니 잠이 없어지고 새벽에 일찍 눈을 뜬다. 이 미국 TV 방송에서 방영된 2개의 사건은 내 뇌리에서 잊히지 않는다. 요즈음 한국에는 명문대 학생 동아리 클럽의 마약이 성행하고 있다는 말에 어쩌다가 한국이 이렇게 흘러가는지, 이런 개념으로 일본에 동아리가 큰 문제가 있었던 것에 대해 잠깐 언급하려고 한다.

일본에서 일어난 끔찍한 동아리 클럽 사건은 딸이 있는 사람은 잠이 잘 오지 않았을 것이다. 이 사건은 모델, 아나운서 등에 종사하는 그녀들이 도와주어 더욱 무시무시한 사건이 되었다. 1982년 와세다에서 슈퍼 프리 사건을 만든 동아리 모임이 바로 일본의 수면에 오르지 못하고 가릴 뻔한 엄청나게 무시무시한 사건이었다. 이 못된 인간들이 한 짓을 보면 옛날 소돔과 고무라 시대라면 맞겠다는 생각이 든다. 이 시작은 이벤트를 구실로 술자리를 만들고 여학생들에게 수면제와 최음제를 먹인 후 성폭행을 오랫동안 해 온, 세계가 놀란 매우 무섭고 충격적인 사건이었다. 주동자 회장 '와다신이치로'가 조직적으로 범행을 주도해 왔고 회원수 50명이 넘는 단체. 무서운 성폭행 사건, 인간이 이럴 수도 있구나! 할 정도의 계급제도를 만들어 역할을 분담하고 그 누구도 신고하지 못했던 것은 사진을 찍어 내포해, 만약 신고하면 평생 주홍글씨 달고 다녀야 한다는 것이다. 이때 뉴욕 타임스와 3개의 유명 TV에서는 그 큰 사건이 이렇게 약하게 처리된 것은 일본인들의 문화이기 때문에 가능하다고 해석했다. 유명한 아나운서와 한 명의 여학생의 폭로를 시작으로 동아리의 실체가 벗겨진 충격적인 사건이었다. 그런데도 처벌은 겨우 14명만 되고 나머지는 무혐의로 처리가 되자 피해자들은 더 큰 고통 속에 살아야만 했다. 4년 동안 400명이 넘게 성폭행을 당했다. 너무나 유명하고 끔찍한 사건인지라 아주 놀라웠다. 이때가 미국, 한국 등 세계는 Me too 운동이 쓰나미처럼 휩쓸고 지나갈 때였다.

한때, 미국에 TV 방송도 미국 대통령의 불륜설에 뜨거운 감자였다. 트럼프의 정치적으로 작게 축소한 묘한 사건들을 두고 이 세 언론은 역시 그 누구답다고 했다. 1위의 영광을 차지한 트럼프, 돈과 권력으로 여자들을 울리는 그 또한 뜨거운 감자이다. 그 유명한 미국에 TV 방송도 케네디가의 비밀, 미국 대통령 트럼프를 뉴스에서 볼 때마다 진보 진영의 공방 자리로 돌아갈 것이 무섭다. 정치인들의 불륜은 썩을 대로 썩어 온 나라의 언론을 장악한 상황에서 윤리적, 도덕적으로 논란에 불을 붙였다. 그 방송을 보면 큰 호흡, 쉬고 싶다. 미국이 왜 이렇게 됐고, 시대의 흐름이라 하기엔 다음 세대 MG들이 무엇을 보고 배울지 내 손녀, 손자 시대는 어떻게 될지. 세계의 뉴스를 접하다 보면 많이 무서운 생각이 들 때가 한두 번이 아니다.

시드니 오페라 하우스와 나

베토벤의 스프링 소나타 제5번 '봄'을 오페라 하우스에서 현장 라이브로 듣고 싶은 마음이 오늘따라 간절한 이유가 무엇인지! 발길은 어느새 오페라 하우스를 향했다. 피아노 연주를 듣고 연주만큼은 가끔 연주자들의 달란트를 훔치고 싶어 했던 적이 있었다. 아직 해가 많이 남아 있고 햇살의 무늬는 금빛, 은빛으로 오페라 하우스를 비추고 있었다.

나는 대학교 때 피아노를 전공했다. 시드니에서 음악 공부를 다시했다. 학생들을 바르게 가르치고 싶었다. 같은 온음표라도 미국식으로 온음표를 홀노트라고 한다. 그러나 호주에서는 같은 온음표를 세미브레브라고 한다. 그래드 시험을 치는 학생들은 호주식 이론이 꼭 필요했다. 내가 대학 4학년이 되자 화성학과 뮤지션은 엄청 스트레스를 주었다. 반면 덕분에 베토벤의 '스프링 소나타 제5번 봄', 윌리엄 셰익스피어 '리어왕' 혹은 푸치니의 '나비부인' 같은 대가의 작품들을 싸게 편안하게 감상할 수가 있었다. 한 학기에 화성학 숙제가 오페라를 몇 개 관람 후 분석하고 오페라 서곡을 다 듣고 다채롭고 짜임새 있게 공연 10개 정도 리포트 하는 것이었다. 화성학 5를 통과하는 일이고 이를 해결하기 위해서는 어쩔 수 없이 오페라 하우스에서 현장 라이브 공연은 단골이 되어야 했다.

따라서 나는 오페라 하우스 공연 입장권 $500 혹은 때론 $800 정도 하는 표를 살 형편이 못되어서 $100 미만인 입장권을 사서 입장했다. 공연시간이 가까워져 오면 서서 보는 표인데, 때로는 운이 좋으면 빈자리가 있어 앉아서 본다.

소나타 제5번 '봄'도 오페라 하우스에서 감상했다. 그날 마음 깊이 파고드는 이 곡을 듣고 나도 저렇게 다른 사람의 마음속에 들어가 뛰어놀고 감동과 감화를 선사하고 싶었다.

나에게는 화성학은 어렵지 않았으나 청음 테스트는 쉽지가 않았다. 오페라 하우스에서 가끔 지휘자로 오케스트라 지휘하시던 분이 지도교수님이 되고부터는 청음 테스트에 F를 맞았었다. 그분은 겨우 다섯 번 피아노를 치시고 그 음을 듣고 악보에 그대로 옮기라 하셨다. 나는 음을 듣는 순간 어지러운 3잇단음표로 정신이 혼미해지고 허우적거렸다. 갑자기 나의 모습이 한심해졌다. 갈등이 생기기 시작하면서 진로에 대해 깊은 고민을 하기 시작했다. 이미 한번은 패스를 못한 상태였기의 가능성 없는 일에 계속 매달리는 꼴이 마치 인디언 기우제를 지내고 있는 꼴이었다. 그러다 홀연히 한동안 잊고 있었던 옛날 음악 선생님이 번개처럼 생각이 스쳐 지나갔다.

"음악이 어렵다고 느낄 때 목표를 포기하지 마라. 베토벤은 불치의 난청 판정을 받고도 하일리겐슈타트의 『유서』(1802)를 쓴 심정을 이해해라. 베토벤은 예술가로서의 운명을 완수하기 위해 육체 및 정신질환을 극복했다."

나는 다행히 이번에는 해냈다. 베토벤의 음악가로서 사형선고나 다름없는 불치의 난청이 된 그의 심정을 떠올리지 않았더라면 그 어려운 악보나 화음 때문에 혹독한 낙마를 또 한 번 할 뻔했다. 베토벤은 그렇게 나의 삶에 중요한 획을 그어준 남자이다. 때때로는 나의 삶을 지탱하는 심지가 되어 주기도 했다. 그 덕에 외상 트라우마를 극복하고 세미한 소리까지 들을 수 있다.

내가 피아노를 가르치는 학생들이 그래드 시험을 볼 때마다 내가 받았던 그 시절의 혹독한 훈련이 많은 도움이 되었다. 내가 피아노 선생으로 또한 반주자로 일관되게 살아갈 수 있게 한 나의 멘토는 베토벤이다. 내 음악 선생님은 늘 "음악을 잘하려면 남과 다르게 생각하라"라고 가르치셨다. 스티브 잡스가 말하길 "남과 다르게 생각하라(Think Different)". 이것이 음악의 철학이다. 음악 선생님은 그의 면모가 옷이 아니라 잡스가 지닌 아우라의 근원이다. 그래서 그가 음악의 곡을 맛깔스럽게 하고 그처럼 아우라(분위기)를 뿜어내는 사람도 드물다고 생각한다. 그와 잡스의 특징은 어떠한 타인의 시선에 휘둘리지 않고 자신이 좋아하는 옷 그리고 스타일만 고집하며 당당하게 자기의 길을 걸어가는 '놈코어 룩'을 느끼게 하는 사람이다.

차 한 잔을 마시며 듣는 베토벤의 스프링 소나타 제5번 '봄'은 나의 자장가이면서 나의 스트레스를 날아가게 하는 음악이다. 일 년 내내 하늘에서 내리는 눈을 못 보는 이곳 호주에서 오늘은 마음의 눈이 펄펄 내린다. 오페라 하우스 지붕 위에도 내 마음의 눈은 음악과 함께라면 언제나 내린다. 오늘도 내 마음엔 흰 눈이 펑펑 내렸다. 시드니 오렌지 타운에 갔을 때 첫눈이 왔다. 나에게 참으로 아름다운 선물을 주었다.

베토벤은 나를 음악가로 만들기 충분하다. 거기에는 남다른 사연이 있다. 지나간 날들은 그립고 늘 푸르게 나를 만들며, 나의 힘이고 위안이 되어 주었다.

아름다운 피아노 교향곡 베토벤의 '스프링 소나타'는 정말로 순수하고 아름다운 서정적 멜로디, 서정시 그 자체이다. 보약과 같은 곡, 언제 들어도 가사와 영상이 예쁜 세계적인 명곡 중 명곡이다.

나는 베토벤의 스프링 소나타 제5번 '봄' 제2악장을 시드니 오페라 하우스에서 자주 듣곤 했다. 이 곡은 피아노와 바이올린이 서로 대화를 주고받는 듯 음악의 결과 곡이 맛깔스럽게 구사되어 자연에 대해 무한한 사랑을 느끼게 한다. 봄바람에 꽃들이 흔들리는 따스함과 기쁨, 봄이 오는 소리로 가득한 음악이다. 이 멋진 곡은 낭만과 전원적인 분위기에 세월의 더께가 쌓여도 아름다움과 가치는 변함이 없다. 이 곡을 듣다 보면 자연의 아름다움 속에 흠뻑 빠지며 신의 손길을 느끼게 된다. 그중에서 명쾌하고 발랄한 피아노의 멜로디와 베토벤 특유의 이색적인 화음이 등장하는 명곡 중의 명곡이다.

베토벤의 스프링 소나타 제5번을 시드니 오페라 하우스에서 듣고 감동과 감회가 새롭다.

제삿날과 오징어

그 향기 그 냄새는 나를 미소 짓게 한다. 그 시절 엄마가 그리워 내 마음엔 어느새 그리움의 눈이 내린다. 어린 시절 우리 집은 큰집이라 제삿날이 많았다. 무척 정겨운 풍경이었다. 그날이 되면 엄마는 오징어를 한 축이나 사 오셨다. 내가 가장 생각나는 것이 오징어이다. 우리는 5남매였다. 다들 생선을 좋아했지만 나는 그 비릿한 냄새를 싫어해서 생선 못 먹는 나를 엄마는 신음을 토하는 애련으로 늘 오징어를 한 마리를 챙겨주시고 보듬어주셨다. 나는 편식하지 않고 무엇이든 잘 먹었는데, 유난히 비린내 나는 생선을 먹는 것만 봐도 절대로 함께 있지 못한다. 제삿날 생선 먹는 가족을 멀리하고, 다른 방으로 도망가 버린다. 엄마와 가족들이 생선을 먹을 때 나는 오징어를 먹는다. 지금은 생선을 잘 먹는다. 요즈음은 고등어를 먹으면 어두육미라고 하신 엄마의 말이 생각난다.

그 추억의 오징어 냄새는 아직도 가시지를 않는다. 엄마는 가끔 제삿날마다 우리 다섯 명에게 각자 한 마리씩 오징어를 주실 때가 있다. 나는 구워서 그날 다 먹어 버린다. 내 여동생은 나와는 다르게 숨겨두었다가 하루는 다리, 다음 날은 몸, 이렇게 조금씩 조금씩 먹었다. 한 번에 모두 다 먹어 버린 나는 옆에서 침을 흘리고 있으면 여동생은 다리 하나를 주면서 "언니도 다음부터는 한 번에 다 먹지 마!~~"라고 해도 고쳐지질 않았다.

우리는 그 질긴 오징어를 맛있게 먹곤 했다. 그때 그날을 생각하면 '씩' 웃음이 나온다. 지금은 이를 아끼려고 그렇게 좋아하던 오징어를 안 먹는다.

여동생과 나는 자매라도 다른 것이 많다. 여동생은 음식을 할 때 항상 컵에 재어서 딱 맞게 한다. 나는 음식은 많이 해서 모자라지 않고 남아야 마음이 안정된다. 오죽하면 엄마는 자매라도 어떻게 저렇게 다를까 하시며, "너는 부잣집으로 시집갈 거야. 두고 보라지!" 하고 말씀하시곤 했다. 한국영화 중에 〈오징어 게임〉으로 세계가 떠들썩했던 때가 있었다. 그때는 한참을 오징어를 주신 엄마 생각에 많이 나서 그리워했다. 어디에선가 오징어와 해바라기 합창이 아름다운 선율로 흘러나온다.

제삿날이면 전 부치는 것만 해도 다섯 가지는 넘었다. 친지들은 송편을 만들어 각자 한 접시를 들고 오셨다. 송편 속에는 검은콩, 참깨 그리고 녹두 송편이 있어서 골라 먹는 즐거움도 좋았다. 음식은 제삿날 친지들과 가족들의 웃음꽃과 함께 마음을 이어주고 즐겁게 해준다. 제삿날 상에는 하이얀 시루떡과 가을에 잘 익은 과일들이 올라져 있고, 오빠가 사 온 수박도 있었다. 지금도 나는 그때 수박껍질의 매력을 못 잊는다. 그리고 오징어 냄새는 꼭 엄마를 그리워하게 한다.

삶과 배움

　결혼할 때 호주대사님 부부께서 아들 둘을 데리고 오셔서 우리들의 결혼식을 빛내주셨다. 대사님 부부는 호주 출생이시고, 아들들은 노란 머리의 귀여운 시드니 출생의 아이들로 5살과 7살이었다. 대사님 두 부부는 웨딩드레스를 입은 나에게 결혼을 축하한다고 말씀하시고 내 볼에 뽀뽀를 해주셨다. 그분들은 바쁜 일을 제쳐놓고 오셨다고 하시면서 점심도 먹지 않고 가셨다.

　남편은 호주대사관에서 일했다. 그 사람은 일찍이 외국에서 공부하고 싶어 했다. 그는 삶에서 유학의 꿈을 포기하지 않았다. 어느 날 남편은 아들을 잃어서 찾을 때 혼이 나서일까 봐 피아노 학원을 하면서 바쁜 나를 도와준다고 대사관을 그만두고 함께 유학 준비도 했다. 남편은 학원을 운영하는 내가 유학 가는 데 도움이 될 거로 생각했다. 그래서 남편은 피아노 조율을 학원에서 배웠다. 그것은 그가 나중에 유학할 때 피아노를 가르치면서 본인을 보조해 달라는 뜻으로 조율을 배운다고 생각하니 갈등이 생기기 시작했다. 게다가 운전, 컴퓨터 등등 배우는 것이 여러 가지였다. 남편은 어이없게도, 도가 넘어도 한참을 넘어서, 나중에는 배우는 것으로 온종일을 시간을 보냈다.

여동생은 내 집에 올 때마다 형부가 학원 갔다는 내 말에는 어이없다는 듯 "형부는 어쩌면 날마다 배우러 가는 거야. 언니가 왜, 이래야 하는 거야. 애들은 연년생으로 낳아 놓고, 이제는 아이들 돌봐주려고 엄마까지 오게 하잖아" 하며 언짢아했다.

후배 피아노 선생을 나를 돕는 '레지던트' 겸 선생으로 두었다. 나는 60명 정도의 아이들을 가르치고 있었다. 한 학부모님이 친구를 모시고 피아노를 배우기 위해 인터뷰를 요청했다. 그 당시 아이들에게 피아노를 가르치는 것이 유행처럼 번져서 한 집 건너 피아노 학원이 있었다. 게다가 고등학교 동창이자 친한 친구인 명옥이 학원도 몇 집 건너에 있었다. 나는 한참 그런 일에 예민해 있을 때였다. 그분들이 오기 전에, 낳은 지 5개월 된 아들은 다락방에 올려놓고 잠자도록 우유병을 꽂아주었더니 조용했다.

바로 그날 나에게는 큰일이 일어나고 말았다. 학부모는 그분을 모시고 오셨다. 학부모가 아이가 있는 것을 보면 다른 학원으로 갈까 염려해서 이런 바보 같은 일을 저질렀다.

내가 학부모님들과 인터뷰를 하는 도중 "쿵, 으앙" 하는 소리에 나는 너무 놀러가 보니 아이가 그 높은 곳에서 떨어져 있었다. 잠깐 이마가 풍선처럼 부풀어 올랐다. 이런 일이 두 번이나 일어나고 보니 정말로 남편에게 화가 났었다.

"나는 유학 못 가 혼자 가."

그 후 날마다 무엇인가 배우러 다니던 남편도 자제했다. 어느 날 여동생이 오더니, "형부, 나하고 엄마가 올 때마다 형부는 학원 갔다, 배우러 갔다고 하냐고요! 이제는 아이까지 저렇게 다쳤으니 너무 답답해요. 형부, 왜? 언니가 결혼하자마자 이렇게 희생하면 살아야 하죠. 어째서 결혼한 날부터 언니와 우리가 이렇게 살아야 하나요!" 하고 불만을 제기하였다.

그의 욕망을 누가 말릴까 봐, 결국 그는 원했던 미국은 아니고 호주로 갔다.

지금도 그때 '쿵' 하고 다락방에서 떨어진 아들을 생각하면 아직도 나에게는 그 아이에게 미안하다. 나에게는 영원히 아픈 손가락이기 때문이다. 그래도 아프지 않고 잘 커준 아이에게 늘 고마웠다. 지나고 보니 힘겹고 어려웠던 그 시기가 삶을 꿈꾸며 의미와 가치를 창출했던 시기였다.

그 여자의 액세서리 가방

2004년에 샤펠 코비(Schapelle Corby) 호주 여자는 발리 응가리 라이 공항을 통해 호주로 입국하려다가 가방에 4.1kg의 마리화나가 들어 있어 인도네시아 당국에 체포됐다. 오랜 법정 싸움 끝에 20년의 형을 받았다. 이 일로 발리 교도소인 케로보칸 감옥에서 복역 중 호주와 인도네시아 사이에 나라 싸움이 일어났다. 그리고 9년 후 인도네시아에 3년간 체류해야 한다는 조건으로 석방되었다. 그 후 3년 만에 호주로 돌아왔다. 호주 여자 코비는 방송 인터뷰에서 "사건의 진실을 말해 달라"고 했더니 "모르는 남자가 가방을 들어 달라고 해서 들어주었다가 엄청난 일이 일어났다."라고 말했다. 다음은 호주 언론이 다룬 신문기사이다.

"마약사범 샤펠 코비가 27일(토) 12년 만에 호주 땅을 밟는다."

호주 사람들의 석방 호소로 임시 사면이 된 것이었다. 이러한 일은 인간사회에 많이 일어나고 있다. 나는 아직도 그때 그 가방

생각만 하면 끔찍하다.

남편이 먼저 시드니로 떠났다. 어느 날 한 여자가 나의 피아노 학원을 찾아왔다. 그녀는 앞면이 있는 여자였다. 남편이 호주로 갔다고 말하면서 그녀의 남편이 내 남편 시드니에 사는 곳에서 가까운 곳에 산다고 했다. 본인들도 곧 호주로 갈 것이고 이웃사촌이 될 거니 잘 부탁한다고 했다. 그래서 결론은 내가 호주에 가는 날짜를 알고 왔다면서 갈 때 아주 작은 손가방을 본인 남편에게 가져다 달라고 부탁했다. 나는 그런 것은 민폐라고 말했더니, 부탁한다고 사정을 했다. 내가 무엇인지 물었더니, 아주 조그마한 손가방이니 잘 부탁한다고 재차 말했다. 가방이 얼마나 큰가를 다시 물어보자 아주 작다고 했다. 그 여자는 내가 떠나는 날 가방을 가지고 김포공항으로 왔다. 내 가방은 이미 다 부친 후였고, 조그마하다고 했던 가방은 일반 노트북보다 큰 가방이여서 난감했다. 나는 할 수 없이 한복을 입고 거창한데 가방을 한 손으로 들고 공항 안으로 들어가는 수밖에 없었다. 문제는 공항에서 보안을 지날 때마다 삑삑 소리가 났다. 공항 직원이 열어보더니 여자들 액세서리가 빼곡히 들어 있었다. 공황 직원이 가지고 갈 수가 없다고 했다. 남의 부탁을 받고 가지고 가는 것이니 사정을 봐달라고 했더니, 그 사람이 하는 말이 남의 물건은 함부로 가져다주지 마세요. 마약이면 큰일 납니다. 하면서 블랙리스트에 올리고 가져가게 되었다.

한국 공항에서와 마찬가지로 호주 공항에서도 삑삑 소리가 났다. 정말로 그것은 겁나고 고역스러운 일이였다. 결국은 호주 공항에서도 가방을 다 열어보라고 했다. 나는 페널티까지 물어야 했다. 남의 가방이라 포기할 수가 없었기 때문이다. 그 일로 인해 시간은 지체되었고, 아이들은 어리고 한심해 했다. 남편이 그것을 팔기 위해 본보기로 보내 달라고 했다고 그녀는 나중에서야 말했다. 나는 너무 황당했었다. 그녀가 이렇게도 예의가 없이 나에게 민폐를 끼쳐, 공항에서 '찍' 소리 났던 것과 시간이 지연된 이 모든 것을 생각하면 마음이 좋을 리가 없다. 호주에 도착하자 남편과 그녀의 남편이 기다리고 있었다. 내가 한 마디 했더니 고맙다는 말도 없이 받아갔다. 그 후 나는 호주에서나 한국을 오갈 때, 무엇을 가져다 달라고 여러 차례 누군가의 부탁을 받은 적이 있으나, 그럴 때마다 그것은 상대에게 민폐라고 말해 버린다.

그때 공항에서 식은땀을 흘렸던 기억은 정말 황당했었다.

OC와 셀렉티브

미용실에 가면 가끔 중요한 정보를 알게 된다. 호주에 와 몇 개월 만에 미용실을 갔다. 손님들이 많아서 돌아오려다가 원장님께서 앉으라고 해서 앉아 차례만 기다리고 있었다. 그런데 역시 여자들은 말이 많았다. 호주도 한국에서처럼 한국 사람들의 입시 경쟁이 엄청났다. 한 어머니가 말씀하셨다.

"원장님! 축하해주세오. 내 아들이 그 유명한 섬머힐 OC(Opportunity Class) 영재학교 4학년에 합격했다오!"

"축하해요! 참 어려운 관문을 통과했네요! 요즈음 중국과 인디아 어머니들이 그 학교 보내려고 혈안이 되어 있다고 들었는데요."

다른 아줌마가 다음과 같이 말했다.

"제 딸들은 셀렉티브 5~6학년에 합격했다오!"

'호호호' 하면서 서로 앞다투어 자랑했다.

시드니 처음 온 나는 무슨 말을 하는지 몰랐다. 이런 이야기는 나에게 너무 낯설고 먼 이야기로만 들렸다. 아이들이 어렸으니까 나와는 상관없는 일이라고 생각해서였다. 몇 년 후 알고 보니 호주에서는 지적 능력과 잠재력이 높은 아이들을 영재로 양성하는 클래스가 바로 OC와 셀렉티브였다. 한국에서 입시가 지겨웠는데, 왜 내가 호주까지 와서 과외수업해야 하나를 생각했다. 원장님이 여기의 상황을 말해주었다. 하지만 나는 아마 남편이 수학을 잘하니 남편이 가르칠 거라고 했다. 원장님은 "아니, 엄마는 참 이상하네요. 이를 밑거름으로 명문대학을 엘리트 코스로 연결되는 순환고리인데도 그런 말을 하다니요!"

"괜찮아요, 원장님!"

그러자 원장님이 "그럼 아이들을 대학 보낼 때 빙빙 돌아서 갈 거야, 아니면 바로 갈 거야." 하고 말했다.

그 말씀을 듣고 보니 아이들이 커가자 나도 점차 교육에 관심을 가졌다. 그리고 여러 가지 정보를 모으고 공부했다.

여기 부자들은 아이를 낳기도 전에 이미 왕 더가든(유치원)에 등록해놓는다고 했다. 그래서 나는 과외수업에만 매달린 결과로 아이를 모두 OC부터 셀렉티브를 보내기로 했다. 그것이 시작되자 날마다 학교가 끝나면 코치학원을 가야만 했고, 방학이면 과외 코치 특별코스 수업에 돈도 시간도 만만치 않게 들어갔다. 남편은 힘들게 교육하는 나에게 "OC와 셀렉티브, 돈이 많이 들어. 호주 총리 존 하워드는 캔터베리 공립고등학교 나와서 시드니대학교 갔다"라면서 방해만 했다.

왜? 내가 이민을 와서 이런 상처를 받나 고민을 했다. 나는 가끔 딜레마에 빠져 헤어나질 못했다. 검은 머리 아시아계 학생이 이 나라에 살아가려면 공부 잘하는 길밖에 없었다는 결론을 내리고 결심을 했다. 나는 자녀교육, 피아노 선생님, 그리고 세계로 다니면서 비즈니스를 하는 남편 보조로 때로는 빨간불에도 운전했다고 할 정도로 바쁜 나날들이었다.

내가 아이들을 셀렉티브 보낸 것은 이유가 있다. 첫째 강렬한 호기심, 둘째 새로운 아이디어, 셋째 좋은 기억력과 창의력 발휘였다. 이렇게 새로운 것을 배우게 하는 것이 좋았다.

큰아이가 썸머힐 OC에 들어가니, 동생들도 모두 따라서 OC부터 셀렉티브를 합격해주었다. 셀렉티브 고교의 대명사가 된 하이스쿨에 합격이 되었다. 그 후 큰아이는 시드니대학을 들어갔고, 다시 미국으로 유학을 하러 갔다.

"Mum, you are old fashion, I am Sick and Tired."

큰아들이 학교에서 돌아와 친구 생일 파티에 보내 달라고 애원을 했다. 나는 미국 TV 오프라 윈프리 방송을 자주 본다. 그 방송을 본 후, 아이들을 어느 생일 파티에도 보내지 않기로 했다. 어느 여고생이 부모님과 함께 오프라 윈프리 방송에 초대되었다. 이 여고 생이 어느 친구의 파티에 갔다가 주스에 몰래 탄 마약 때문에 그날로 부터 계속 마약을 하고 중독자가 되었다. 부모님들은 다행히 의사였기에 클리닉 하는 것을 밀고 갔다. 그 중독을 가족의 사랑으로 고쳤다고, 지금은 정상이라고 했다. 그녀가 하는 말에 나는 너무 놀라고 말았다. 마약 중독 치료는 이랬다. 그녀의 손과 발을 쇠사슬로 묶어 놓고 치료하는 것은 마치 손과 발을 톱으로 자르는 아픔, 살을 깎아 내는 아픔이었다고 고백했다. 지옥이 따로 없다고 표현했다.

나는 아이들이 많고, 마약 하는 것을 허용하는 이 나라에서 어떻게 내 자식을 보호할 수 있나가 늘 고민이었다. 아이들에게 너무 강하게 하니 아이들이 나를 싫어하고 'old fashion'이라고 했다. 아빠가 있으면 그나마 좋은데, 자주 세계를 다니면서 비즈니스를 하니 모두가 내 책임이라 고민은 깊어만 갔다.

아이들이 친구 생일이라고 보내달라고 애교를 부리면 어쩔 수 없이 보내주며 깊은 고민에 빠진다. 내가 가장 중요하게 점검하는 것은 친구의 부모님은 누구이며 가정환경을 조사하고 보냈다.

어느 날 생일 파티에 간 아들이 12시 안에는 분명히 집에 도착하기로 약속을 했다. 하지만 12시가 되어도 아이는 오지 않았다. 잠시 후 큰아들이 전화해 자고 오는 것을 허락해 달라고 사정하고 때로는 애교도 부렸다. 나는 친구 엄마를 바꾸어 달라고 한 후 그 아이를 택시 태워서 집으로 보내달라고 부탁을 했다. 1시가 넘어서야 큰아이는 집에 왔고, 오자마자 화가 나서 "Mum, you are old fashion, I am Sick and Tired."라고 했다.

"다른 아이들은 다 친구네에서 잠자는데, 엄마 혼자만 그렇게 하니 속상하다!"고 했다.

"아들! 너, 정신 차려! 생일 파티에 너무 가고 싶어 해서 나와 약속했지! 12시 전에는 꼭 집으로 오겠다는 약속, 그러나 너는 어떻게 했어. 기다리는 엄마 속도 모르고. 12시가 되자 겨우 엄마에게 전화해서 자고 오겠다고 했지! 네가 나에게 반항하는 것 이해해, 그러나 엄마가 염려하는 것, 나는 미리 너에게 말했지!"

그 말에 나는 도저히 가만히 있을 수가 없었다. 내가 너를 어떻게 키웠는데 엎드려뻗쳐 회초리를 들었다.

"너가 1에서 10까지 세고 잘못했다고 하면 내가 멈출 거라 했다.
다만 언제든지 잘못했다고 하면 덜 맞을 거야, 알았어!"

큰아들은 이를 악물고 20번까지 세더니 다리가 불거지니 그때야
"Mum, I am so sorry." 하고 무릎을 꿇었다.

"왜, 내가 이렇게 살아야 하는지!"

아빠의 빈자리 때문에 좀 무섭게 했던 것이 그 아이가 점점 나에
게 실망하는 일만 하게 돼서 어려웠다. 그 아이를 부둥켜안고 함께
울었다. 그 아이는 나에게 진심으로 사과를 했다. 두 모자가 온몸으
로 퍼내는 온전한 사랑의 울음은 다른 아이들도 함께 끌어안고 울
었다. 우리는 강렬한 사랑의 아픔을 안아주고 함께 울고 또 울었다.
그렇게 뼈를 깎는 아픔을 견디어내야 했다. 나는 두 가지를 규율로
못 받았다.

학교 갈 때는 반드시 교복을 입도록 했다. 그것은 교복이 그 아이
가 어느 학교 아이라는 것을 말해주기 때문에 행동도 잘할 거라는
믿음이 있었다. 하지만 어느 날 학교에 데려다주고 차를 돌리려는
순간 티셔츠가 바닥에 떨어지는 것이었다. 큰아들에게 왜 그런 일
이 일어났는지 물었더니 솔직히 방과 후 교복 대신 갈아입으려 했
다고 고백 아닌 고백을 했다. 나는 화가 났다기보다는 심각하게
생각을 했다. 그리고 학교의 교복을 입는 것이 학생으로 당연하다
고 말을 해주었다. 나는 큰아들에게 영재학교 2~3등 안에 드는 학
교 교복을 입고 있는 너를 보는 것이 자랑스럽다고 말해주었다.
그 후 큰아들은 더 이상 말썽 없이 후배 동생들을 잘 보살피고 시드

니대학에 합격하고 시드니대학을 다니고 있다. 돌이켜 보면, 그때가 가장 행복한 시간이었다. 그리고 그 순간 내가 할 수 있는 최선이었다고 생각한다. 지금도 그 아이가 고마운 것은 20까지 종아리를 맞고도 경찰을 안 부른 것에 고맙다. 그때 만약 경찰을 불렀다면 나는 틀림없이 감옥에 갔을 것이다. 내가 그 아이를 무릎 꿇게 했던 것은 잘잘못을 분간할 줄 아는 아이가 되길 바랐기 때문이었다.

엄마의 팔은 12개 달렸다

: 아마 팔이 15개라면 될 것 같아요!

딸아이가 5살 때 유치원에서 그림을 그렸는데, '우리 엄마는 팔이 12개가 있다'라고 그렸다. 딸의 인터뷰가 있어 유치원에 갔다. 딸의 유치원 선생이 "엄마가 얼마나 바쁘시면 딸아이가 '엄마의 팔이 12개 달린 그림'을 그렸겠어요!" 하시면서 본인도  이민자로서 그렇게 살았다고 공감을 해주었다. 딸아이에게 왜 엄마 팔이 12개냐고 선생님께서 물었다고 했다. 딸의 대답이 "우리 엄마는 너무나 바빠요!"

"너가 어떻게 알아!"

예지는 너무 놀라운 대답을 했다고 했다.

"엄마는 팔 12개도 모자라요!"

"엄마는 온종일 바빠서 팔이 12개라도 모자라요! 아마 팔이 15개라면 될 것 같아요!"

4살짜리 아이가 어떻게 그런 말을, 나는 결국 선생님 앞에서 울고 말았다. 감정은 롤로 코스트(roller coaster)를 타고 달리기 시작했다. 나는 그랬다. 이것이 4살짜리 여자아이가 본 엄마의 모습이었다. 내 친구 로빈과 스탠리가 있어서 많이 도와주었다고 했다. 사실 그들은 많은 도움을 주었고 늘 힘이 되어 주었다.

나의 일과는 3시에 일어나면 미국 뉴스를 본 다음 아이들 학교에 보내고, 남편의 비즈니스 때문에 가게에 나가 일하다가 3시가 되면 아이들을 픽업해서 학원을 보내고 피아노를 가르치고 끝나면 밤 1시에야 하루 일이 끝이 났다.

잠은 3시간을 자고, 6시면 아이들 모두를 잠에서 깨워 공부시킨다. 더 자고 싶어서 중얼거리는 아이들에게 검은 머리가 아시안인 우리 한국인이 호주에 살려면 열심히 노력하여야 한다고 가르쳤다. 그런 나를 좋아할 아이들이 없었다.

큰아이가 "엄마는 늘 공부, 노래 부르는 엄마가 지겹다"고 한 그 후 나의 고민은 깊어만 갔다. 그리고 마음을 꾹꾹 누르며 참았다. 아빠는 해외 출장을 갔다가 오면 아이들이 좋아하는 나이키 신발, 때로는 캠시에 가서 유행하는 바지들을 선물로 사주니 아이들은 남편만 좋아했다.

큰아들은 착하고 공부 잘하고 늘 동생들 잘 돌보는, 엄마 말 잘 듣던 아이였다. 내가 생각해도, 특히 큰아이에게, 때때로 스트레스를 준 것 같았고 미안했다. 큰아들이 사춘기가 되자 점점 엄마가 싫어하는 일만 했다. 머리에 노란 물을 들이고 싶어서 엄마에게 졸랐다. 한때는 나팔바지가 유행할 때 땅의 먼지를 다 쓸고 다닐 정도였다. 어느 날 나는 아이들 바지를 모두 가위로 잘뚝 다 잘라버렸다.

큰아이는 정말로 모범생이었다. 피아노도 잘 치고 초등학교 때는 문교부에 초청되어 피아노로 호주인들의 아리랑인 '월싱 마틸다'를 쳐서 큰 인기를 끌었다. 그리고 SBS에 출연해서 방송 토론도 잘했다. '시드니 모닝 해 로드'에 뛰어난 학생으로 큰아이가 소개되었을 때는 큰 기쁨이 되었다. 그땐 그렇게도 칭찬을 많이 받던 아이였다. 그러던 큰아이가 사춘기 때문에 그렇구나 했다.

어느 날 큰아들의 담임선생님께서 전화했다.

"당신 아들이 조금 이탈하는 것 같다"라는 담임선생님의 전화를 받고 나는 인터뷰를 요청했다. 아이들 학교는 시드니대학에서 가까운 포트 스트리트 영재학교였다. 파라마타 로드는 늘 바쁜 도로였다. 그런 도로가 그날따라 차가 너무 많이 밀렸다.

담임선생님과의 인터뷰는 이랬다.

아빠가 외국에 있을 때였다. 담임이 전화를 해서 아빠 좀 바꾸어 달라고 했더니, 큰아들이 전화를 받는데, 황당하게도 본인이 아빠라고 했다는 것이다. 선생님은 아빠와 목소리가 똑같았다고 했다. 거짓말을 한 것이다.

아이가 사춘기 탓일까!

담임선생님은 전에 아빠와 전화통화를 한 적이 있어서 목소리를 기억하고 있다고 했다. 그리고 분명 남편의 목소리였다고 했다. 문제는 아빠와 통화를 해서 이 아이가 결석하는 것을 막기로 한 것인데, 계속 이런 일이 일어나니 신뢰를 못 해서 전화를 했다는 것이었다.

나는 남편이 비즈니스 때문에 3개월째 외국에 있다고 했다. 큰아이가 아빠로 연기를 하고 담임은 아빠가 전화를 받았다는 것이다. 큰아들은 선생님과 통화를 할 때 아빠 목소리로 착각할 정도로 흉내를 내 통화를 했다. 나는 너무 아들을 믿었다. 인터뷰를 마치고 나서 큰아들한테 실망한 나는 그때부터 스트릭하게 관찰을 했다. 시드니에서 현실적 삶을 굳건하고, 씩씩하게 발을 딛고 살았는데, 그 아이가 이렇게까지 하다니 배신감이 들었다.

지금도 잊히지 않는 일이 있다. 호주로 왔을 때 큰아들은 2살, 둘째 아들은 1살이었다. 그리고 다른 아이들은 시드니에서 태어났다. 아이들이 자라남에 따라 나의 일은 더욱 책임감이 엄습해 왔다. 남편은 비즈니스로 바쁘다. 모든 책임은 나에게 있어 엄하게 길렀다. 때로는 1분을 다투는 시간 속에서 5명의 아이를 제대로 키울 수가 있었다. 한 예로, 아이들 학교 인터뷰가 있으면 립스틱을 발라야 할 때는 신호등이 바뀔 때마다 조금씩 그리고 립스틱이 완성되기까지는 서너 신호등이 끝날 때였다. 이 정도로 나는 바쁘게 살았다.

빈센트 반 고흐의 〈해바라기〉

　루마니아와 불가리아 넓은 들판에 온통 해바라기의 합창이 울려 퍼진다. 관광차를 타고 이 두 나라를 여행할 때 들판에는 많은 해바라기꽃으로 온 들판이 노란색으로 물들어 있어 우리는 입이 딱 버려졌다. 마치 빈센트 반 고흐(Vincent van Gogh)의 혼령이 노란색으로 아름답게 가득 피어 해바라기 환상으로 그의 일생일대를 보여주는 것 같았다. 고흐의 해바라기 그림은 미술 하는 사람들은 이 〈해바라기〉 작품 14송이가 2,750만 달러에 경매에 팔려 세계적으로 많은 사랑을 받은 꽃이 되었다는 것을 알고 있다. 많은 사람이 최대 화가로 반 고흐를 뽑았다. 그러나 회화사상 많은 논란이 된 위작 스캔들의 주인공이 되기도 했지만, 그의 동생 테오가 진품을 가지고 있어서 진품으로 인정받았다. 나는 가이드에게 물어보았다.

　"저 많은 해바라기로 무엇을 하지요?"

　그는 말해주었다.

"그 나라 농부들은 해바라기 씨로 기름을 짜서 돈을 번다고 했다. 특히 루마니아인들은 그 기름을 매우 좋아한다."라고 했다.

고흐는 동생인 테오에게 편지를 보내면서 이렇게 적었다.

"작약은 자냉의 꽃, 접시꽃은 쿠스트의 꽃, 그렇다면 해바라기가 나의 꽃이 될 수도 있지 않을까?"

루마니아 그리고 불가리아의 화창한 날씨에 그들은 아름답게 잘도 크고 있었다. 해바라기의 꽃말은 '일편단심', 즉 영원한 사랑이다. 해바라기가 항상 해를 따라가기 때문이란다. 둥근 해를 닮아 둥근 원형으로 영원을 산다. 밭에서 그들의 합창을 듣고 싶었지만 우리는 관광하는 사람들이라 그냥 '와우' 하고 지나가야만 했다. 그곳을 거닐면 해바라기가 태양처럼 환히 웃고 미소 지을 것을 의심치 않았다. 꽃들의 숨소리와 합창은 내 가슴에 맥박을 힘차게 뛰게 해줄 것이 틀림없었다. 아시아인들의 가게에서 종종 노란 해바라기를 본다. 이는 복을 불어온다는 말이 있기 때문이다. 특히 중국 '칭따오'를 갔을 때도 그 유명한 5성급 호텔에도 해바라기는 빼놓지 않고 여기저기에서 반짝이고 있었다. 식당 그림에도 해바라기가 있고, 옷 가게 짝퉁 가방가게에도, 모두가 해바라기 그림과 꽃으로 장식하고 있는 것을 보고 중국 사람들의 꽃이라고도 할 정도로 그들의 믿음은 강렬했다. 그들, 특히 비즈니스를 하는 사람들은 기본적으로 상업 장소에 둔다고 했다. 해바라기의 조용한 바이올린 협주곡을 들으며 나는 지금 눈을 감고 음악감상을 하고 있다.

산후 우울증

산후 우울증(Postpartum Depression)으로
많이 힘든 시간을 보냈다. 셋째 딸을 낳고
4주 후부터 몸이 불어나기 시작했고, 급기
야 에는 98kg이 되었다. 어느 날부터 심한
불안, 우울한 기분 그리고 불면증으로 잠
이 오지 않았다. 그뿐만 아니라 집중력 저
하, 의욕 저하, 한여름에 두꺼운 세터를 입
고도 추워서 냉장고 문을 못 열었다. 끔찍한 것은 한여름에도 두꺼
운 털모자를 쓰고도 추웠다.

게다가 충격적인 것은 한 공기 먹던 밥을 내가 세 공기를 먹고,
그것도 모자라 큰 그릇에 비빔밥을 해서 엄청나게 먹다 보니 결국
몸은 98kg이 되고 말았다. 키도 작은 내가 마치 굴러다니는 것 같았
다. 그때부터 나는 임신을 해도 주변 사람들은 내가 임신한 지 몰랐

고, 아기를 낳은 후에야 임신을 했다고 알았다. 이렇게 웃지 못할 일이 계속되어 갔다. 불면증과 함께 과도한 체중이 늘어났다. 삶의 의욕을 잃어버리고 생활에서 기능 저하를 초래하기도 했다. 엄마가 보고 싶어 3개월 된 딸아이를 두고 한국을 나아가 엄마가 끓여주신 미역국을 먹었다. 엄마는 힘내라고 하시면 안쓰러워하셨다. 그렇게 편안하게 엄마의 도움으로 산후 우울증을 이기고 3개월 후 한국에 있다가 오기도 했다. 셋째 딸은 아주 예쁘고 잘 자고 잘 먹었다. 그러나 가끔 울적하고 슬퍼지거나 눈물이 났다. 그때는 즐거운 일인데도 즐겁지 않았다. 분명히 기분이 좋을 때인데도 울적했다. 사물에 대한 의욕이 없었다. 작은 일에도 쉽게 화가 났다. 늘 울적하고 다른 사람들과 기분이 들지 않았다.

어느 날 집을 사기 위해서 복덕방을 갔다. 그때 중개인이 나에게 "어머니께서는 뒷좌석에 많으시고요, 아드님께서는 운전석 옆 좌석에 앉으세요"라고 하며 문을 열어주었다. 그때 나는 심리적으로 심한 충격을 받고 말았다. 나는 큰일이 일어났다고 생각했다. 가뜩이나 두 살 어린 남편이 본인 나이보다 어려 보이는데 이게 무슨 말인가 말이다. 그때 집을 보려고 갔지만, 중개인이 한 말은 나에게 충격으로 돌아왔다. 그때부터 나는 살빼기로 마음먹었고 산후 우울증을 이겨내기 위해 부단히 노력한 결과 30kg 살을 빼고 아이도 더 사랑을 주고 키웠다. 엄마는 맛있게 미역국을 끓여주셨고 보약을 해주셨다. 나는 엄마 덕분에 우울증을 이겨낼 수 있었다.

자꾸만 날이 가면 갈수록 사무친 엄마의 사랑은 태생적으로 사랑이었다. 딸이 멀리 산다고 밉다고 이웃에게 투정하셨다고 이웃 아줌마가 귀뜸해주셨다.

엄마! 결국, 엄마 운명하시는 것 지키지 못한 불효의 딸을 용서하세요. 엄마, 생각나세요? 아버지 묘 앞에서 엄마 노래 듣고 싶다고 졸랐더니, 이 세상에 아무도 모르는 아버지와 엄마 둘만 아는 사랑의 노래 "뒷동산에 올라가니 노랑나비 두 마리가 사랑하더이다"를 불러주셨다.

마치 시조처럼 읊으시던 울 엄마, 그리고는 수줍은 숙녀처럼 웃으셨지. 나에게 불러주신 그 노래는 알고 보니 아버지가 엄마 예쁘다고 늘 불러주시던 노래였다. 올창묵, 도토리묵, 메밀묵 먹고 싶다고 전화하니 다 만들어준다고 해놓고…. 그뿐만 아니라 산나물, 피마자나물 삶아서 말렸다가 참기름에다 볶아준 울 엄마! 늘 먹고 싶었는데 즐겨 만들어주시던 토속음식들 딸 온다고 해서 틀림없이 만들었을 터인데, 오늘 못 먹고 가요. 엄마! 엄마의 향기가 자꾸만 눈물을 나게 했다.

산후 우울증 때문에 울 엄마가 더욱 그립다. 그녀는 나의 친구이자 인생 상담자였다. 나 힘들 땐 어떡하지! 고향 왔는데 이젠, 그 누가 큰 가슴으로 날 따뜻하게 안아주지. 그 포근한 가슴은 어디에 있나요? 어젯밤 잠시 본 울 엄마 올창묵 먹고 싶다고 했지만, 도토리묵을 주시면 엄마가 산에 사셔서 도토리를 많이 주었다고 하시더니 하룻밤에 꿈이었던 가요~~. 난 아직 엄마가 어디선가 올 것 같아요.

내가 첫아이 낳고 엄마 이해한다고 했더니, "여자나 남자나 결혼해서 아기를 낳고야 철이 든다"라고 하시면서 가슴으로 울던 울 엄마. 그때 미역국 먹는 나를 안쓰럽게 바라보신 그 눈빛을 이제와 생각하니 사랑이었어.

하얀 머리 염색하던 나를 보고 "내 딸도 세월이 많이 갔구나" 하며 뒷머리 염색해준 엄마.

어릴 적 엄마는 많이 스트릭하고 시대에 뒤떨어진다고 힘들었던 나에게 "세상 살아갈 땐 다 약이 될 거야" 하던 울 엄마. 역경이 닥칠 때야 비로소 눈물을 흘리면서 고마워한 이 어리석음이 왜 이리도 아픈 걸까!~~ 뼛속까지 시리다.

엄마 저를 너무 사랑해 아프게 했던 것, 고마워. 엄마! 그 놀라운 뜻을 이제야 깨달았어요.

멀리 산다는 이유로 부모님들께 불효만 한 나. 나이가 들면서 사무쳐지는 이 불효의 한은 깊어만 가고, 세월은 야속하게도 기다려주질 않는다. 부모님들이 떠나 버리신 후에야 산소에서 통곡하며 울고 또 울었다.

엄마를 생각하면 마음 한구석이 시리고 아프다.

다리에 힘 있을 때와 가슴 떨릴 때

내 친한 친구를 만났는데 오랜만에 아들 덕분에 성지순례를 다녀왔다고 두 부부가 자랑한다. 그가 명문대학을 졸업했다고 축하선물로 성지순례를 보내서 여행 간 것은 아들이 먼저였다고 했다. 아들은 여행을 다녀온 후 많은 것을 느끼고 왔다고 감사하다고 했단다. 이번에, 그가 크게 느낀 것은 역시 여행은 한 나이 적을 때 하는 거라고 하면서 엄마 아빠도 한 나이 적을 때 여행 다녀오시라고 했단다. 그동안 저금해둔 돈으로 표를 샀으니 꼭 다녀오시라고 한다. 왜냐하면, 함께 여행했던 사람 중에 연세가 든 사람들도 있었는데, 그들은 여기저기서 "아구, 다리야! 나는 못 가니 다녀와요"라고 하는 등 함께한 사람들에게 많은 민폐를 끼쳤다고 했다.

부모님도 한 나이 젊었을 때 다녀오라고 하면서 등 떠밀어 보냈다고 했다. 늦기 전에 꼭 다녀오시라고 해서 갔는데 정말 다리에 힘 있을 때, 가슴 떨릴 때 여행은 해야 한다는 것 알았다고 했다.

이스라엘 성지순례를 다녀왔다. 100세 시대인 요즈음 친구들도 보면 지금 가도 늦다고 생각하는데 5년 후, 10년 후 돈 벌어서… 등등 이유도 많다. 그러다가 가슴 떨릴 때는 지나고 가면 다리가 아파서 조금만 걸어도 다리 아파서 못 간다고, 그룹에 민폐를 끼친다. 세상은 정말로 볼 곳이 많고 아름다운 곳이 많다. 시간과 돈 따지다 보면 영영 못 간다. 기회만 있다면 가까운 곳이라도 다리에 힘 있을 때, 가슴 떨릴 때 여유 있게 여행해야 한다. 나는 젊었었다면 세계 일주를 여행하고 싶다.

올해로 20년 동안 수많은 곳을 여행했다. 이제는 원 없이 여행 다녔으니 유럽여행은 해마다 다니다가 올해는 가는 여행지가 별로인지라 한국만 3번 정도 갔다 왔다. 규칙적으로 가는 유럽여행은 가지 않았다. 다녀온 친구도 여느 때보다는 별로였다는 말에 안 가기를 잘했다고 생각을 했다.

LA 유니버셜 스튜디오 방문

친구와 나는 1주일 계획으로 영국 BBC가 선정한 죽기 전에 꼭 가보아야 할 곳 1위인 5대 그랜드 캐니언(자이언트 캐니언)에 갔다. 나는 항상 현재를 벗어 삶의 자리를 떠나 여행이나 넓은 세계로 나가 삶을 살다 보니 삶이 많이 달라졌다. 이 달라진 아름다운 감정도 삶에 많은 도움이 되는 것도 당연하리라 생각하면 삶을 넓은 곳에서 도전하고 싶었다. 현대인들은 감탄이 사라진 것 같았다. 놀랍고 달라질 것 같다.

먼저 우리는 LA 영화 '유니버셜'로 가 친구의 안내로 투어를 먼저 하기로 했다. 역시 미국의 영화 만드는 회사라서인지 정말로 어마어마했다. LA에 사는 친구가 말하길, "유니버셜은 여행객들이 꼭 들리는 곳이야. 꼭 와." 했다.

우리가 도착하자마자 친구는 우리를 반갑게 맞이했다. 투어가 시작되었다.

LA 주민들과 많은 여행객이 주말을 즐겁게 사는 것을 보고 부러웠다. 친구와 세계적으로 영화 촬영장으로 유명한 유니버셜에서 스튜디오 투어를 들어갔다. 그곳에서 영화 촬영하는 것을 볼 수가 있었다. 내가 본 영화 장면 중에 킹콩만큼 숨 막히고 재미있게 영화 속에 푹 빠져 보던 영화도 드물다. 하지만, 3D 체험관인 영화 킹콩 360을 촬영하는 곳 갔더니, 그것을 보는 영화가 상상이되 싱겁게 느껴졌다. 아차 싶다. 앞으로도 많은 영화를 볼 텐데. 영화에 대한 공상이 살아진 것이다. 비가 오는 장면을 촬영하는 데 대형 수도꼭지를 틀고 비 오는 장면을 연출했다. 큰 빌딩으로 기어 올라가는 것도 너무 싱거웠다. 나는 그곳을 구경하면서 차라리 이것을 보지 않았더라면 상상의 날개로 영화를 보았을 터인데, 이제는 여기서 본 것을 생각하면 영화가 너무 심심할 것 같았다. 마지막 코스로 3D 안경을 끼고 지구를 여행했다. 유니버셜 도시 활동의 쇼핑을 즐겼다. 여기는 여행객이 찾는 거리였다. 심슨 가족 TV에서 재미있게 보았었는데 그곳 스프링필드를 방문했다.

　애니메이션상을 받은 심슨 가족의 동네에 갔을 때, 마치 TV 속 그 가족을 만난 것 같은 기분을 느끼고 기분이 좋았다. 할로 원 호러 나이트 무서운 영화 장르를 탄생시킨 곳이다. 혼을 쏙 빼게 하는 곳이다. 그 당시 티켓은 1인당 $350인데 친구가 LA 방문 선물로 돈을 내어주었다. 다음 코스인 5대 그랜드 캐니언으로 갔다. 우리는 웅장한 그랜드 캐니언에 감탄을 연발했다. 오래전에 솔트랙 시티에서 관광버스를 타고 본 것과는 너무나 달랐다. 우리는 선셋

포이트 밑으로 내려가 보기로 했다. 그곳은 산소가 부족했는지 사람들이 호흡을 급하게 드리시면서 올라오는 것을 보고 처음에는 뛰어서 숨이 차서 그러는 줄로만 알았다. 그러나 그곳이 산소가 부족한 곳임을 몰랐던 것이었다. 밑으로 계속 갔더니 똑같은 현상이 일어나 친구와 나는 숨이 차서 도저히 견딜 수가 없어 다시 올라오고 말았다. 우리는 급하게 뛰어 올라왔고 벤치에서 한숨을 돌렸다.

사진작가들이 아주 좋아하는 엔텔롭 캐니언도 멋졌다. 홀스슈밴드, 콜로라도강이 휘돌며 말발굽 모양인 곳이 무척 아름다웠다. 신이 만든 자연에 감탄했다.

텃밭과 바나나

우리 집 뒷마당에는 텃밭이 있다. 여기에는 바나나 나무가 30그루가 있다. 아침에 일어나면 텃밭에 가서 잡초를 뽑는다. 나는 잘 자라는 상추와 바나나를 바라보면서 흐뭇해했다. 내가 이사 온 7년 전 그날은 바나나는 몇 개의 뿌리만 있었다. 지금은 30개의 바나나 나무가 된 것이다. 이 바나나 종류는 나를 닮아 통통하고 껍질은 얇아 베트남에서 맛있게 먹었던 것과 같다. 이것은 베트남 이름으로 '쭈오이 우'라고 했다. 가끔은 쭈오이 띠우도 있었다. 이것은 짧고 조금은 길다. 베트남 바나나는 다른 그 어느 바나나와는 다르게 맛이 있었다. 이 나무들은 얼마나 번식력이 강한지 정말로 무섭게 잘 자랐다. 이제는 너무 번식해서 베어내야 하는 형편이다. 어제는 바람이 세차게 불어서 10개의 나무가 무너졌다. 바나나를 이집 저집에다 나누어주었다. 텃밭에는 상추와 갓을 심었더니 상추가 얼마나 잘되는지 지난 한 해는 여기저기 한 박스씩 나누어줄 정도

로 많았다. 내가 상추심기 전에 마늘 한 박스를 껍질째로 심은 것뿐
인데 이렇게 잘되는 줄은 몰랐다. 그 후부터는 마늘을 까고 껍질은
항상 거름으로 사용했다. 그것을 알고부터 텃밭의 거름은 꼭 마늘
껍질로 한다. 상추이기 때문에 거름으로 하기는 싫었다. 지난번에
는 프래밍톤 시장에 가서 마늘 한 상자를 사서 뿌려서 거름으로
했더니 역시나 항상 많은 수학을 할 수 있었다. 가능하면 텃밭에서
유기농으로 농사지은 것으로 음식을 섭취했다. 한 해 동안은 상추
가 너무 많아서 여기저기 모종도 나누어주고 상추는 박스로 기부를
했다. 나머지 상추는 주체할 수 없이 많았다. 이것을 어떻게 할까
고민하다가 잘 씻어서 마지막으로 식초에 5분 정도 담아두었다가,
꿀과 레몬 그리고 간장을 적당히 부어서 놓아두고 얼마 있다가 먹
어보았더니, 이렇게 맛있는 장아찌는 처음 먹어보았다.

처음에는 텃밭에 갓을 너무 많이 뽑아버렸다. 그래도 그 이듬해
많이 나 있었다. 이제는 그렇게 안 하기로 했다. 지난해 여수를
여행 가서 갓김치를 먹어보니 너무 맛이 있어서 이제는 잘 자라기
를 바랐다. 여수에서 먹었던 갓김치처럼 맛있게 담아보려고 한다.
텃밭에는 호박과 깻잎도 있다. 5년 전에 멀리 놀러 가서 따먹은
오디가 너무 맛이 있어 집에 가져다 심었다. 지금은 큰 나무가 되어
해마다 엄청나게 오디가 많이 달려서 맛있게 따먹고 있다. 텃밭에
서는 각종 채소와 과일이 잘 자라고 있고 내 식탁은 풍성하다. 무균
채소가 무럭무럭 자라는 텃밭에는 올해는 고추 모종이 너무 많아서
아는 선배님이 여러 번 모종을 가지고 가셨고 많은 고추를 따시길

바란다. 텃밭에는 보랏빛 무화과나무가 있다. 나는 유난히 보랏빛의 무화과를 좋아한다. 입에서 살살 녹는 그 맛은 그 어디에서도 맛볼 수 없다.

Austria Vienna에서

서양 장례 문화는 우리나라의 장례 절차와는 좀 다르다. Austria
Vienna(비엔나) 사람들은 생물학적 생명의 죽음이 끝이 아니라 종교
적, 심리학적, 철학적으로 이렇게 얽혀 있는 연합적인 현상이 있다
는 것이 우리와 매우 다른 점이다. 죽음 다음 Funeral 문화는 나라마

다 다르다. 좋은 문화는 받아들인다
는 의미에서 세 나라의 문화를 알아
본다. 호주와 Austria Vienna 공동묘
지는 보통 커뮤니티의 공원 중간에
자리하고 있다. 나무와 꽃들이 가득
한 정원처럼 잘 정돈되어 있어 아름
답다.

Beethoven 명작 '운명'의 서곡을
무서운 고난과 시련의 소리를 가장

세련된 소리와 음 미미미도 4개의 음으로 표현한 운명의 노크 소리
가 박진감 넘치게 표현한 그의 비범한 천재성에 감탄해서 연구자가
Austria Vienna 베토벤 묘지를 방문했었다. 그날 연구자는 슈베르
트, 바흐, 모차르트 등 수많은 음악가의 무덤이 함께 있어 베토벤
무덤을 찾기는 쉬운 일이 아니었다. 한참 후 베토벤의 무덤을 겨우
찾았다. 베토벤이 무덤에서 일어나 걸어 나오는 느낌으로 나는 그
녀를 만났다. 그때 만난 한 여인이 있다. 그녀의 이름은 엔젤리너스
라이다. 죽은 남편과 매일 데이트하는 할머니(엔젤리너스)를 만났
다. 그녀는 때론 노란 장미, 때론 빨간 장미, 가끔은 해바라기꽃을
남편에게 바치고 옛날을 그리며 남편과 데이트하기를 좋아한다고
했다. 본인도 죽음 준비를 잘 준비하고 있다고 말해준다. 그날도
Beethoven '환희의 송가' 교향곡 NO. 9를 들으면 남편 무덤에서
대화하고 있는 그녀를 만났다. 그 음악은 장송곡이기도 해서, 잠깐
말하면 독특한 악센트의 음색이 감동적인 작품들 교향곡 멜로디는
뛰어난 변주 실력과 풍부함을 보여주는 멋진 곡이다. 그녀가 처음
엔 독일어로 나는 미친 여자가 아니라고 하듯 말을 걸어와 난 독일
어를 못하고 영어만 한다고 했더니 다행히 영어로 대답을 예의 바
르게 해주었다. 그녀로부터 평화롭고 아름다운 그리고 품위 있는
죽음을 맞이한 남편의 이야기를 들을 수가 있었다. 그 무덤은 남편
의 묘이고 데이트를 한다고 한다. 남편이 죽기 전 죽음 준비를 오랫
동안 했다고, 그 덕에 자식들도 유언대로 재산 분할 잘했다고 한다.
　장례식에서 쓸 추도사도 미리 USB에다 담아 놓았고, 그것은 바로

남편이 제일 좋아하는 노래로 많은 추억이 담긴 노래라고. 그 어느 날 남편과 함께 달빛에 비친 도나우강(Donau River)에서 이 노래를 부르며 장례식에 꼭 불러 달라시던 〈Swing low, sweet chariot〉. 그것도 당신 원하는 대로. 그러나 그 옛날 그 노래 USB에 저장할 때 서로 조금 다투었다고 했다.

"스텐리, 제발 죽음 준비 같은 쓸데없는 것 제발 그만하라고. 그러나 지금 나이가 들고 보니 남편 당신이 옳았습니다. 그 노래는 장례식장에서 아들 친구가 멋진 바리톤 음성으로 불려주었다고. 그날 비디오도 함께 보면서 우리는 많이 웃고, 울며 당신을 그리워했답니다. 나의 추도사는 내가 당신에게 바친 겁니다. 스텐리, 당신 죽음 준비 덕분에 가족과 친지들은 갑작스러운 죽음에도 불구하고 혼란하지 않았어요. 스텐리 당신은 좋은 것만 보려는 지적이고, 좋은 사람, 음악가였던 당신 멋진 음악을 많이 만드셨지요. 그리고 좋은 아빠, 좋은 사람 멋진 남자예요. 당신이 죽음 준비를 할 때 제가 많이 비웃었던 것은 미안합니다. 그때 당신은 죽음 준비, 나는 현실이 더 중요하다고 싸웠지요. 당신이 옳았습니다. 이제야 비로소 당신의 뜻을 알았습니다. 더 열심히 죽음 준비해서 당신 곁에 갈래요. 이제 제가 갈 길은 곧 당신의 자취를 따르는 길입니다."

그녀는 감동 있게 연구자에게 말해주었다. 스텐리, 당신 밑에 예약된 관으로 들어가는 그 날 다시 만나요. 당신은 따뜻한 아빠였고 나 엔젤리너스 라이에게 믿음을 주어 사랑을 결정한 후 한 번도 의심한 적이 없는 멋진 남자! 나는 열심히 죽음 준비해서 운명의 그 날이 오면 아름답고 평화롭게 당신 곁으로 갈 겁니다. 아이들에게도 절대로 나의 죽음을 의학으로 여명 하지 말라고 부탁했습니다. 당신과 함께 그 땅에서 살고 싶고 당신을 만나고 싶어요. 음악가로서 또 의사로서 남을 항상 도와주었던 당신. 사랑하는 나의 남편 스텐리, 우리는 죽음이 오리라는 것을 알았고 기다리고 있었지요. 그녀는 말해주었다. 집착하게 되면 평온함을 못 찾으니 매일 아름다운 생각을 한다고 말해준다. 남편 곁에 아름답게 가기 위해 노력하는 그녀의 모습이 아름다웠다. Austria Vienna에 음악가로서 그리도 만나고 싶었던 베토벤과 데이트를 했다. 또 한편으로는 Funeral Conductor로 그녀와 같은 사람을 만나 감격이다. 내 인생에 중요한 것들을 이루는 데는 긍정적인 마인드가 필요하다는 것을 깨닫고 왔다. 이 사례를 많은 사람이 아름다운 죽음의 준비 동기로 그녀로부터 배우길 기대해 본다.

그 후 연구자는 오랫동안 Funeral Conductor로 경험을 얻은 것은 바로 이것이다. 죽음 준비 세미나를 하면서 그녀의 아름다운 마음을 많은 사람에게 알리고 싶었다. 그녀처럼 삶이 곧 행복이라고 생각하도록 권했다. 호주의 장례 문화는 매우 다르다.

빈처럼, 이를테면 장례식장에서 친구, 친척 모두 함께 고인의 생애에 가장 아름다운 사랑을 떠올려보는 순간이다. 즐겁게 비디오를 보면서 고인이 살아생전 함께했던 다양한 순간포착을 시각 예술로 한 장의 추억을 보면서 웃고 울며 즐긴다. 당신이 사랑한 사람들이 한자리에 모여 고인과 가장 아름다웠던 순간을 보며 고인을 생각하며 고인이 살아생전의 모습을 보며 추억에 그날을 생각하며 다시는 돌아오지 않을 순간을 기리면서 고인의 명복을 빈다.

아기 없는 유모차

TV 다큐멘터리 〈운동장에서 노는 아이들이 사라졌다〉란 제목이 나의 가슴을 아프게 했다. 요즈음 한국에 공원이나 길에서 흔히 보는 일, 아기 유모차에는 아기 대신 개들이 타고 있다. 어느 날 아주머니가 산책길 언덕길에서 개 한 마리를 데리고 유모차를 힘겹게 끌고 올라가기에 뒤에서 뛰어가 도우려고 갔다가 깜짝 놀랐고 실망을 했다. 유모차에는 아기가 있는 줄 알았는데, 거기는 개 두 마리가 잠자고 있었다. 내가 물어보았다. 왜? 그렇게 힘겹게 개를 데리고 다니냐 했더니, 자신은 지금 61살인데 자식들을 시집과 장가보내고, 그들이 각자 한 마리씩 기른다고 했다. 그들 모두 다 아이를 안 낳고 개 세 마리 기르는 것을 그들의 낙이라고 하면서 개 없이는 못산다고 했다. 그들이 직장 가면 개를 돌보아주다가 그들의 퇴근 시간을 맞추어 데려다주려고 간다고 했다. 손자 손녀들을 돌봐주는 것이 아니라 이제는 개를 돌보아주는 것이었다. 나는 이해가 안 갔다. 그날 저녁 공원을 지나다 보니 저녁 6시에서 7시 사이에 남녀 청년들이 개를 예쁘게 단장시키고 동네 데이트를 나왔다. 너나 할 것 없이 개를 예쁘게 하고, 서로 자랑이라도 하듯이, 유모차에는 거의 개들이 타고 있었다. 나는 몇 번이고 그들을 보지만 그 유모차에는 늘 개가 타고 있다. 나는 이상한 세계를 본 것 같았다. 아기가 있어야 할 유모차에 아기는 없고 모두가 개들밖에 없으니 남북의 대립으로 갈라서 있는 우리나라 미래가 너무 걱정되었다. 한국이 아기 낳지 않기로 세계의 1등이라니 미래는 심히 걱정되고도 남는다. 호주에서도 역시 공원에 데이트 나온 데이트족들 또한 개와 함께 온다. 여기저기에 전봇대에는 그들이 소변보는 장소였다. 나는 부정적이 아닌 긍정적으로 모든 것을 바라보려고 노력하는 사람이다. 하지만 유모차에 아기 대신 개가 있다는 것은 한국의 미래가 문제가 심각한 것이 사실이다. 어린 시절 개에 물린 트라우마 때문에 부정적으로 이것을 바라보는 것이 아니라, 아기가 있어야 할 유모차에 개들이 있으니, 참으로 이성이 있는 사람이라면, 한국의 미래가 심히 걱정될 것이다.

나는 개를 무척 무서워한다. 어릴 때 개 때문에 기절했던 적이 있다. 엄마가 이웃집 떡 갔다가 주라고 하면 신나게 가는 내가 어느 날 친한 친구 집에 시루떡을 주려고 갔다가 돌아오는 길에 아주 큰 개가 내 등 뒤에서 두 다리를 내 어깨에 얹고는 내 볼을 핥았다. 나는 그 자리에서 놀라서 기절하고 말았다. 그 트라우마로 인해 그때부터는 강아지조차도 나에게 오는 것을 싫어한다. 그 후 또

한 번 개한테 혼이 났다. 엄마는 떡을 잘하셨다. 송편, 가래떡, 특히 10월이면 시루떡을 만드셔서 산소마다 찾아다니면 조상님들께 제사 후 나를 시켜 동네 이집 저집 모두 나누어준다. 나는 그것을 참 즐겼다. 남 주는 것을 좋아했지만 얻어오라는 것은 잘하지 않았다. 내가 주는 것을 좋아하는 것 때문에 어린 시절 개와의 전쟁을 치렀다는 것은 부정할 수가 없다.

이것은 또 하나의 트라우마가 있고부터였다. 어느 날 편집성 성격장애인 집에 아들 결혼식이라 해서 음식 만드는 것을 도와주려고 갔다. 그녀와 차를 주차한 후 개가 있다고 들었는데 먼저 묶어 달라고 요구를 했다. 그러자 그녀는 "우리 개는 절대로 사람을 물지 않는다"고 했다. "그래도 개는 모르는 거야. 언제 어디서 예상 밖의 행동을 할 수가 있다고. 때론 짐승들은 언제 어디서 무섭게 돌변할지 모르니까! 내가 트라우마가 있는 것 이미 말해주어서 알고 있지 않아!"라고 했더니 "우리 개는 절대로 그런 일은 없다"라고 했다. 문을 여는 순간 개는 나와 내 다리를 물어버리고 놓지를 않았다. 두꺼운 긴바지를 입었으니 다행이었지만, 나는 너무 놀라운 가슴을 쓸어내려야 했다. 내가 한국에서 본 유모차는 슬픈 일이다. 한국의 미래가 심히 걱정된다. 제발 앞으로 유모차에는 개가 아닌 귀여운 아기들이 타고 한국의 미래가 달라지기를 바라는 마음 간절하다.

우리 아이들이 개를 기르자고 졸랐지만 허락하지 못했다. 그것이 지금에 와서는 무척 미안하지만 잘했다고도 생각이 든다.

잊히지 않은 학생들 1

: 새벽 5시면 어김없이 피아노를 치러 오는 여자

새벽 5시면 어김없이 피아노를 치러 오는 그녀는 서른 살의 아가씨였다. 5시에 와서 1시간 배우고 6시에 직장을 간다. 그녀는 단한 번도 안 오는 날이 없이 7년을 그렇게 피아노를 배웠다. 한이있다고 했다. 어릴 적 못 배운 피아노가 한이 되어 직장을 다니면서피아노를 배우러 온다고 했다. 그녀가 한참 피아노를 배우고 싶었던 나이는 겨우 8살, 엄마에게 피아노를 배우고 싶다고 했더니 너무가난해서 학비도 못 내는데 사치라고 못 가르쳐준다고 했단다. 친구들은 피아노 배울 때 어린 동생을 돌봐주고 빨래하고 밥 지어야했다고…. 그녀는 피아노 치는 사람이 세상에서 가장 부러웠다고했다. 아버지가 알코올 중독자여서 어머니가 집안을 이끌어가셨고,피아노가 얼마나 하고 싶었으면 새벽 5시에 와서 피아노를 배우고싶다고 했을까. 나는 허락했다. 나도 힘들지만 배우겠다는데 도와주어야 했다. 아 역시 그랬으니, 쉬운 일이 아니었다. 퇴근 후에는 가족을 위해 다른 일을 해야 하는 그녀였다. 나는 너무 가슴이 아팠다. 그래서 열심히 가르쳤다. 그녀는 피아노 레슨비를 조금 싸게 해 달라고 했다. 나는 내고 싶은 대로 내라고 했다. 그리고 나도 열심히 가르칠 테니 열심히 하라고 했다. 그녀가 피아노 기초를 한 후 나는 그녀에게 반주법을 열심히 가르쳤더니 너무나 좋아했다. 아름다운 음악이 자신의 손에 의해서 들리는 것에 감격해서 울곤 했다. 멜로디만 있으면 어느 곡이든 칠 수가 있게 해주었다. 이제 원한이 없다고 했다. 내가 보기에 그녀는 죽어 있던 정서의 표현이 다시 살아나듯 감정 처리를 너무 잘한다. 그녀는 삶에서 피아노로 인해 삶의 의미를 알았고 삶의 기쁨이 무엇인지 알았다고 했다. 같은 곡을 연주해도 감정 처리하는 것이 다른 사람과는 달랐다. 그녀는 이제 음악 속에서, 음악을 통하여, 음악과 함께 삶을 노래하며 의미 있는 삶을 살고 있다. 그녀는 음악을 떠난 삶이란 생각 안 하고 싶다고, 그리고 삶이 힘들 때 피아노와 함께하니 죽어도 원이 없다고 했다.

나는 그녀가 보고 싶다. 그녀를 잊을 수가 없다.

잊히지 않은 학생들 2

: 시드니 보이

나의 피아노 학생 중에 나름대로 생각나는 학생이 많다. 특별히 마루 부라 사는 두 형제이다. 아버지는 한국인이고 어머니는 인도네시아인이었다. 지인의 소개로 나에게 전화하신다면서 아버지께서 말씀하셨다.

"피아노 선생님 유 선생님이신가요?"

"네! 그런데요! 누구세요?"

아이 두 명을 피아노를 가르쳐 달라는 말이었다.

내가 장소를 물어보았더니 내가 사는 곳에서 너무 먼 '마루 부라'였다. 나는 UNSW 대학교에 많이 가보아서 잘 알고 있었다. 그곳도 먼데 그 대학에서도 몇 정거장을 더 가야 '마루 부라'이다. 나는 죄송하지만, 너무 멀어서 안 되겠다고 거절했다.

"자신의 지인이 유 선생님을 소개한 것이니 꼭 가르쳐 주십시오." 라고 했다.

"그 지인이 누구신가요?" 하고 물었다.

다름 아닌 그분의 딸은 얼마 전에 AMEB, Piano Grade 8 Classical exam, 그리고 이론 시험을 모두 마치고, NSW 대학교에 재학 중인 학생의 어머니였다.

"혹시 내 집으로 와서 개인지도를 받으면 안 될까요?" 하는 질문에 좀 어렵다고 했다.

"갈 수가 없습니다."

그 아버지는 대학교 학장이셔서 바쁘다고 했고, 어머니 또한 교수인지라 바쁘셔서 멀리까지 갈 수가 없다고 했다.

나는 학장님이시니 음악대학교 학생 중에 개인지도를 하실 분을 찾으라 하고 전화를 끊었다.

1주일 후 지인으로부터 전화가 왔다. 학장님 아이들의 피아노 레슨을 꼭 부탁한다고 하시며 레슨비는 더 주겠다고 하셨다. 그 지인도 학부모님이시기에 허락할 수밖에 없다. 마루 부라가 멀어도 거절을 못 해서 어쩔 수 없이 가기로 했다.

다음 날 차를 가지고 시티를 가는 것을 꺼리는 나로서는 그곳을 가는 길에 시티 한복판을 가로질러 갔다. 시간은 많이 걸리고 차는 밀리고 딜레마에 빠질 수밖에 없었다. 도착하자 주소가 가르치는 그 집은 으리으리했고, 나는 안내를 받아 안으로 들어갔다. 그랜드 피아노가 두 개나 거실에 있었고 어머니께서 2층에서 내려오셨다. 나는 인사를 하고 아이들을 소개받았다. 아이들 두 명 모두 시드니 보이 셀렉티브를 다니는 영재학교 학생이다. 그들은 영재학교 학생들답게 영리해 보였다. 형 쿤니는 피아노가 처음 시작이지만, 동생 제미니는 이미 다른 곳에서 6개월 동안 피아노를 배웠다. 그러고 보니 처음 시작하는 아이가 나는 더 좋았다. 동생은 손과 자세가 좋지 않아서 새로 시작하는 것보다 힘들었다. 두 아이가 3시 이후에 학교를 다녀오면 교대로 피아노 개인지도를 해야 했다.

그와 인터뷰하는 동안 남자아이들인데, '왜? 피아노를 가르치려 하느냐?' 물었더니 이 영재학교는 공부도 중요하지만, 근본적으로 교양과목을 중요시하기 때문이라고 말씀했다. 나아가서는 아버지 께서는 아이들이 이 다음에 변호사와 의사가 되려고 계획하는데 그때 힘들 때 피아노를 치고 잠깐 스트레스를 풀어야 하는 직업이 라 피아노는 꼭 배운다고 했다. 또한 셀렉티브 과목 중에 중요하다 고 했다. 그들은 미래에 무엇이 필요한지 알고 미리 준비하고 있는 그 아이들의 아버지는 역시 대학교 학장다웠다. 그러고 보니 내가 아는 의사와 변호사들도 스트레스를 받으시면 피아노 치는 분이 있다. 아빠는 참으로 따뜻한 사람 같았다. 인도네시아 부인에게 항상 존댓말을 쓰면서 부러울 정도로 부인에게 잘해주었다. 다행히 부인도 나에게 무척 친절했다. 그녀는 남편이 한국분이시라 한국말 도 곧잘 했다. 그 아이들도 그레이드 시험을 해야 해서 준비를 했고 아이들은 잘 따라주었다. 영리한 아이들이 잘 따라주어서 멀리 개 인지도를 가도 스트레스는 받지 않았다.

추수감사절 같은 날은 큰 선물도 주시고 때론 뽕잎을 잘 말려진 차도 주시면서 잘 가르쳐 달라고 부탁을 자주 하셨다. 그 후 나는 뽕잎이 좋은 줄 알았다. 시험에 대한 스트레스는 가끔 주시기도 하셨지만, 그 외에는 모두 친절했다. 그녀는 조금 마른 인도네시아 인이었다. 가끔 자신은 한국 드라마를 즐겨 본다고 했다. 자신이 얼마 전에 인도네시아를 갔는데 한국영화가 너무 인기가 있어서 자신이 다른 채널을 틀면 온 식구가 방해하지 말라고 여기저기서 불만을 한다고 했다. 한국영화가 매우 인기가 있다고 나에게 귀띔을 해주면서 웃었다. 그들이 한국영화를 좋아하는 이유가 궁금해서 물었다. 그녀의 대답은 이랬다. 영화가 끝날 때는 꼭 다음 이야기 궁금하게 해서 참았다가 보는 그 맛에 드라마와 영화를 본다고 했다. 동생 가족은 인도네시아에 산다. 그들은 정서적으로 안정되었다고 했다. 그들을 2년 넘게 가르치고 그곳까지 가는 시간이 너무 시간이 오래 걸려서 "'마루 부라' 피아노 선생님을 찾으면 어떻겠냐?"고 물었더니 아이들 대학교 끝날 때까지 가르쳐 달라고 사정사정했다. 오고 가고 모두 3시간, 가르치는 2시간. 두 번 레슨을 사정해서 한 주에 한 번으로 겨우 합의를 보았다. 아이들도 부모님을 닮아서 젠틀하고 잘 따라주어서 그래드 시험 8까지 마치고, 그래드 6에서부터 치르는 이론 시험도 모두 끝났다. 지금 와서 생각하면, 그 아이들은 영리하고 가르치는 대로 잘 배워서 고마웠다. 나는 그 아이들이 보고 싶어진다. 마루 부라 하면 그 가족이 그리워진다. 머리도 좋았고 배우는 것도 열심히 공부한 아이들은 정말로 좋은 수업 태도 덕분에 보람을 느끼면서 늘 돌아오는 길이 행복했다. 그러다가, 나의 사정 때문에 그만 오겠다고 하니, 아빠가 둘째 아이가 피아노를 계속하고 싶어 하는데, 다시 와줄 수 있겠느냐고 하면서, 둘째 아이를 1년만 더 가르쳐 달라고 하셨다. 나는 미안하지만, 사정이 있어서 못 가겠다고 했더니 아빠는 몹시 아쉬워하면서 전화를 끊으셨는데 어쩔 수 없었다. 그들은 참으로 좋은 가족이었다. 지금도 그리운 가족이고 학생 중에 무척 만족할 만한 학생이었다. 오늘 그들이 보고 싶어진다. 그때 그들에게 가르쳐준 바흐의 소나타를 들으면서 그들을 그리워했다.

잊히지 않은 학생들 3

: 나라와 오빠

    지금도 그때 찍은 사진을 보면 귀여운 4살 난 꼬마가 귀엽다. 이 사진은 콩쿠르에 참석할 학생들만 찍은 사진이다. 그 당시는

사진을 찍을 줄 몰랐고 귀한 사진이 있어 너무 반가웠다. 사진 속 꼬마 나라는 왼쪽 맨 앞에 앉아 있고 바로 뒤에 오빠가 서 있다. 나라가 우리 피아노 스튜디오에 처음 오던 날 1980년 5월 5일 어린이날이라 잊지 못한다. 나라는 엄마 손을, 오빠는 아빠 손을 잡고 활짝 웃으면 들어왔다. 그녀의 아빠와 엄마는 멋진 엘리트 의사 부부였다.

"선생님! 동철이 엄마 소개로 우리 아이들 피아노 가르치려고 왔어요!"

"어머나! 나라 몇 살이야!"

그녀는 몹시 부끄러워하면서도 예쁜 미소로 내 물음에 회답하듯 대답 대신 손가락 4개를 나에게 보이면서 환하게 웃었다. 눈이 얼마나 맑은지 가볍게 안고 뽀뽀라도 하고 싶을 정도다.

"나래는 피아노 배우기 많이 어리네요. 혹시 5살쯤 되면 시작하면 안 될까요! 나래 어머니! 사실 모차르트는 4살에 피아노를 시작한 신동이기도 하지요!"

"선생님! 우리 두 사람이 병원에 종일 있고 또 오빠와 1년 사이라서 나라가 너무 불쌍해서 그러니, 선생님께서 나라 좋아하는 동요곡 몇 곡만 쳐주시면 됩니다."

그녀의 어머니 아버지는 부부 의사로서 유명하신 분들이었다.

"알겠습니다!" 하고 대답은 했지만 막막하고 어렵게만 느껴졌다. 나는 무엇을 극복해야 하는지를 알고 있었다. 그 아이 두 남매를 가르치기 시작했다. 그녀와 오빠는 매우 영리했다. 그렇게 가끔은 동요를 쳐주면서 노래도 함께 불러주었다. 나라가 좋아하는 동요는 "아빠하고 나하고 만든 꽃밭에 채송화도 봉숭아도 한창입니다."였다.

나래는 1년 후 내가 피아노를 치면 음을 잡아낼 정도로 청음이 매우 우수해서 나는 몹시 놀랐다. 그래서 모차르트가 4살 때 피아노를 쳤구나 하고 새삼 느꼈었다. 오빠 역시 마찬가지로 영리했다. 어린아이들을 가르칠 때 가장 먼저 극복해야 할 일은 인내의 벽이다. 그러나 두 남매는 참 인기도 많았고 예쁜 행동만 했다.

나라 어머니는 내가 첫아기를 낳았을 때 여러모로 나에게 조언을 주셨고 도움을 주셨다.

"아기에게 우유를 줄 때는 꼭 차갑게 해주세요!"라고 하셨다. 그렇게 차갑게 해주어야만 아기가 감기 안 걸리고 튼튼해진다고 했다. 그렇게 했더니 다행히 추운 겨울에도 감기 한 번 안 걸리고 튼튼히 자랐다. 그렇게 나라와 오빠는 오랫동안 피아노를 배우고 동생은 피아노 전공을 했다. 갑자기 그녀가 무척 보고 싶어진다.

복숭아와 뽕나무

복숭아 계절이 왔다. 나는 그때 그 날씨와 그때 먹던 꿀맛의 복숭아가 그리워진다. 머리 싸매고 공부하던 것과 도시의 생활을 벗어던지고 과수원을 찾던 그때는 정말 멋있는 나의 세계였다. 그 누구도 못 듣던 고향의 소리를 들으면서 복숭아밭에 갔다. 우리는 친구 아버지 과수원에서 제일 잘 익은 복숭아를 골라 마음대로 따 먹었다. 그 향기는 꿀보다 더 달콤했다. 한 잘 익은 복숭아를 보면 그때 그 경험은 풍부한 삶의 체험이었다. 우리는 함께 기타를 치면 노래를 불렀다.

"모닥불 피워 놓고 마주 앉아서~~."

'해변의 여인아'를 지금 들어봐도 그때의 기타 소리는 멋졌다.

과수원 아저씨의 인정 많은 착한 인성을 많이 본 것 같다. 그의 말과 행동이 맛있는 복숭아를 만들어내는 듯 아름답고 정겹다. 나는 이런 추억 때문에 우리 집 텃밭에 복숭아나무도 심었다. 또 하나

해마다 8월이면 우리 집 앞마당에 내가 심은 뽕나무에 잎은 해토가 되기 무섭게 푸른 잎이 무수히도 돋아나고 오디가 많이 달린다. 호주는 한국과 계절이 정반대이다. 한국은 8월이 더운 여름이지만 호주는 봄이 온다. 지난가을에는 어김없이 많은 잎이 노란 잎이 되어 거름이 되었다. 이 뽕나무는 7년이 되었다. 내가 펜니스에 오디를 따러갔다가 오디가 너무 맛이 있어 혹시나 하고 하나를 심은 것이 이렇게 크게 될 줄은 몰랐고 신기하기만 하다. 나는 유난히 이 나무를 엄마 나무라면서 사랑한다. 과일 먹은 후 껍질을 늘 거름으로 주니까 이렇게 잘 자라는 것 같다. 또 한 그루는 제인 언니가 주었는데 이것은 아버지 나무라고 부른다. 이 나무는 왠지 잘 자라지 못해서 벌써 3번이나 옮겨 심었는데도 아직도 생명만 붙어 있고 크지를 못한다. 내가 이렇게 하는 것은 늘 부모님을 생각하면 삶을 살고 싶다. 이것으로 보은이 부족하지만, 뽕나무는 엄마와 많은 인연이 있다. 엄마는 늘 오디를 따서 나에게 많이 먹여주셨기 때문이다. 엄마가 살아 계셨더라면 이 오디를 따먹으면 옛이야기를 하고 싶다. 지난 2년 동안은 내가 해외에 있는 탓에 그 많은 오디가 친구들이 와서 모두 따먹었다. 한 그루의 나무를 심어도 미래를 보고 심어야 했는데 그때 내가 심은 곳은 나무가 크게 자라나기 쉽지가 않은 곳이다. 나뭇가지는 반은 이웃집으로 뻗어가고 우리 집 쪽은 가지를 많이 잘라내야 내 차를 뺄 수가 있다. 이것을 보면서 늘 나는 생각을 했다. 한 그루의 나무를 심어도 미래를 생각해서 심어야 한다는 것을 적실히 깨달았다.

두랄의 새

두랄에 사는 윤희 언니가 놀러오라고 해서 차를 몰고 갔다. 그곳
은 스트라스필드에서 운전해, 한 시간 정도 가야 한다. 가면 갈수록
자연이 얼마나 아름다운지 절로 감탄사가 났다. 그곳은 앞과 뒤로
농사를 짓는 곳이며, 가을이면 감, 사과 등 철마다 많은 과일이
나는 곳이기도 하다. 그날은 복숭아 철이라 복숭아를 사고 싶어서
갔다. 유기농 달걀이 많이 나오는 곳으로 그곳의 달걀이 맛이 있다.
언니네 집은 '하비 노만(Harvey Norman)' 전자제품 파는 호주 별장이
있는 곳에서 가깝다. 사람들이 그곳을 많이 방문해서 과일 채소를
산다. 한국 사람들이 그곳에서 농사를 많이 짓는다고 한다. 특히
가을이면 많은 감이 열려서 한국 사람들이 두랄을 찾는 이유란다.
윤희 언니네는 벌꿀을 재배했다. 그 집 주위에는 아름다운 꽃들이
많이 피어 있어서 벌꿀을 하기에는 안성맞춤이다. 내가 가는 날이
면 늘 벌꿀을 딴다. 그날 저녁 언니와 나는 갈비를 숯불에 구워

먹으며 맛과 풍경을 함께 즐기며 소풍을 하러 간 느낌이었다. 앞마당에는 수영장이 있고 앞과 뒤에는 과일나무들이 많아서 풍족하게 먹고 마셨다. 우리는 아침 일찍 일어나서 텃밭에 가서 상추와 파를 캐서 오는데 언니가 모르고 새알을 두 개나 밟았다. 잔디에 알을 놓았기에 정말 모르고 밟은 것이었다. 갑자기 새가 날아와서는 복수극을 벌이기 시작했고 언니를 따라다니면서 위협을 가했다. 새는 개보다 더욱 무섭게 언니를 공격했다. 까치처럼 생겼고 이름은 '검은딱새'였다. 남자친구 새인지 새들이 함께 언니를 공격했다. 나는 빗자루로 새를 쫓으려고 했지만 날아다니는 새들이 너무 무서워서 감당하기 어려웠다. 자기가 낳은 알을 잃어버린 새들의 공격은 무척 사나웠다. 새의 생김새는 이랬다. 새 목의 옆 부분과 어깨 부위에는 흰색의 띠가 있고 허리도 흰색이다. 이 새는 몸매가 날렵하고 피아노 건반처럼 희고 검은 색깔이며 꼬리는 길었다. 자신이 낳은 알을 깨트렸다는 이유로 새는 계속 무섭게 언니를 쫓아오면서 복수를 하려고 했다. 윤희 언니는 말했다.

"새야, 미안해 정말로 모르고 한일이야, 제발 용서해!" 하며 사과를 했다. 하지만 그 새는 용서할 마음이 조금도 없어 보였고 한 치의 양보도 없이 공격해 왔다. 새는 눈까지 뽑아 버릴 기세로 달려들었다. 우리는 뛰어서 겨우 집안으로 들어와 그들의 동태를 살폈다. 언니는 그제야 안심한 듯 "수야! 네가 있어서 다행이야!" 하면서 나에게 고맙다고 말을 했다. 그러나 새들은 집 주위를 계속 맴돌면서 언니가 나오기만을 기다리는 것 같았다. 우리는 창가에서 한숨을 쉬며 새의 행동을 관찰했다. 순간 보이질 않아서 다시 다른 창 너머로 슬쩍 숨어서 보니 무척 불안하고 억울해하듯이 앉았다 누웠다 포르릉 날기도 했다. 언니는 "새야, 정말 미안해! 모르고 한 거야. 어쩌니!" 하고는 어제 먹던 갈비 몇 절음을 던져주었다. 그제야 새들은 그것을 물고 멀리 날아가 버렸다. 언니는 새들에게 끝까지 미안했던지 갈비를 그릇에 잘 담아서 다시 그 알이 있던 곳에 갖다 놓고는, 창으로 넌지시 그들을 바라보면서 관찰했다. 신기하게도 이번에는 한 쌍의 새가 그곳에 와서 다시 앉더니 그것을 물고 급히 사라져 버렸다. 언니는 "수, 아까 그 아이가 남자친구를 데리고 왔나 봐!" 그제야, 언니는 새한테 덜 미안했는지 다시 "새야! 정말 미안해. 잘 가!" 하고 안심했다.

나는 보고 싶은 사람이 많다

달빛이 창가로 비치는 밤이었다. 첼로 소리가 아름답고도 슬프지 않게 들린다. '첼로와 피아노의 멋은 이 멋이구나!' 하고 느끼면 점점 음악 속으로 빠져든다. 음악의 오묘하고 아름다움을 다시 한 번 느끼면서 삶이 이렇게 아름다운 것은 음악이 있기 때문이라고 생각된다.

내가 가르친 수많은 피아노 학생들을 생각하며 그들에게 즐겨 가르친 '은파'를 친 후 오랜만에 '소녀의 기도'를 치던 나의 많은 학생이 생각난다. 그들에게 사랑과 정성을 다하며 가르칠 때가 내 삶에서 가장 행복했던 순간인 듯하다.

나는 보고 싶은 사람이 많다. 바로 그들이 많이 보고 싶다. 그 옛날 피아노 가르칠 때의 그 아늑한 날이 떠올라서 가슴이 벅차올라왔다. 피아노를 배우던 학생들에게 자주 가르쳐주고, 때론 결혼식에서 '결혼 행진곡'을 치게 했던 그 곡들을 치면 너무 그들이 보고파진다. 그리고 그때를 생각하면 어느새 내 눈은 촉촉이 그리움에 젖어 든다. 그들이 그리울 때면 평생 피아노 선생님이 되길 잘했다고 혼자서 행복해한다. 아름답다. 그들 하나하나 얼굴을 새기면 그리워할 수 있다는 것 나의 행복이다. 그러나 한편으로는 슬퍼지는 것을 주체 못 하니 어떡해야 하나 싶다. 어쩌면 이것이 영원하길 난 바라는지도 모른다. 점점 나이가 들면서 감정이 왜 사라지는 것인지 두렵다. 눈물이 나야 할 때인데도 눈물이 안 나니 이것을 어쩌나! 울고 싶을 때 감동해야 할 때 감동이 안 되면 나는 어쩌나. 두렵고 무섭다. 눈에서 눈물이 나오는 것이 너무 좋은 것이라고 이제야 깨닫는다. 그래서 나는 유난히 보고 싶은 사람이 많다. 보고 싶은 감정도 영원했으면 좋겠다. 영원히 촉촉이 젖은 눈을 가지고 싶은데 감정이 점점 없어진다. 그것은 내 감정이 사라진다는 이야기일 것이다. 이것이 나는 제일 두렵고 무섭다. 음악가에게 감정이 없어진다는 것은 죽음이기 때문이다. 그러나 음악을 들을 때면 그런 감정이 항상 있다. 촉촉한 소녀의 눈망울을 간직하고 싶다. 모두가 외로워서 그 외로움을 이겨내기 위해서 시인이 시를 쓰고 문학인이 글을 쓰고 음악가와 피아니스트가 피아노를 치는 것이 아닐까 싶다. 아마도 그런 음악 때문에 난 소리에 흡수되어 간다. 아무리 초연히 살려고 해도, 그리고 생각해도, 피아노를 한 것은 내 인생에 아름답기 위한 것이다.

피아노는 럭셔리하다. 네 이 두 손에게 고맙다. 내 머리가 피아노를 치고 싶다면 언제든지 피아노를 두 손으로 연주하니 말이다.

내 손은 피아노 치는 사명을 타고났다. 우아하지도 않고 예쁘지 않아도 피아노를 연주할 때와 엄마가 봉선화로 물들여줄 때면 금을 발라놓은 손이 된다. 나는 나이가 들어가면서 이놈의 감정과 감각 토함이 없어지지 않고 조금이라도 살아 있으니 음악인으로 산 것에 감사한다. 때론 무디고 감정이 어디서 그런 감정이 솟구치는지! 그렇게 하지 않으려고 입술을 깨물어도 울어야 할 때는 틀림없이 눈물이 난다. 나는 보고 싶은 사람이 많다.

국적회복 허가

'행복', 나는 행복해지고 싶다. 45년 만에 받은 주민등록증과 한국 여권을 받고서 나는 행복의 미소를 짓는다.

행복이라면 폴 트루니라는 정신의학자, 심리학자, 그리고 내과 의사가 생각난다. 그의 긍정심리학은 인간들이 어떻게 가치 있고 행복하게 사는가에 초점을 두고 있다. 그의 긍정심리학의 핵심인 행복 이론을 통해 행복, 희망, 사랑 등을 보여주는 것이다. 이제 아주 행복하다. 얼굴은 인간이 살아온 생애가 고스란히 남아 있다. 나도 이젠 행복한 얼굴을 하고 싶다. 내 사랑하는 조국과 시드니에서….

한국에서 시민권자의 복수 국적 허용했다. 나는 2023년에 1월 말에 이중 국적을 신청했다. 다행히 운 좋게 2023년 10월 19일 신청 9개월 만에 받았다. 7월에 조지아를 가지 않았다면 더 일찍 6개월 만에 받는 것인데 몇 개월 늦어진 것이다. 그때도 복잡했다. 법무부에서 외국을 나가는 것이 허락되지 않아 조지아 대학교에서 온 초청장을 보여주고서야 외국을 나가도 된다는 허락이 떨어졌다. 호주 시민권자인 나는 옛날 주민등록번호, 그리고 석촌호수에 살 때 주소를 보니 왈칵 그 세월이 그리워서 눈물이 났다. 45년 전 호주 시민권을 받기 위해 한국 국적을 어쩔 수 없이 포기해야만 했던 것을 이제야 완전히 그대로 회복한 것이다.

호주, 미국, 캐나다 등의 시민권을 가지고 있는 65세 이상은 신청이 된다. 대한민국의 국적을 회복하려면 '국적회복 허가' 신청을 통해 복수 국적이 가능하다. 외국 국적을 포기할 필요 없이 대신 '외국 국적 불이 행사 서약'만 하면 된다. 모든 상황을 긍정적으로 생각하고 싶다. 호주 시민권을 받던 날 어쩔 수 없이 한국 국적 포기를 한 것이 무척 조국에 대해 미안했다. 이제야 가슴에 지우지 못했던 조국에 대한 미안함이 사라지는 것 같았다. 세월이 흘러 양쪽 두 나라에서 삶을 살았던 나날들이 주마등처럼 스쳐 지나간다. 이제 마음의 빚이 없어지고 행복하다.

가슴에 묻어두었던 아이들

　나는 세 아이를 잃어버렸다가 다시 찾은 적이 있다. 아이들을 영원히 찾지 못해 한으로 남게 되면 큰일이라는 상실감과 꼭 찾을 수 있다는 희망이 함께 공존했었다. 지금 생각해보면 아직도 눈앞이 깜깜하고 끔찍하다. 큰 공포를 그것도 세 번이나 겪었다.

잃어 벌었던 큰아이

　큰아이 잃어버린 시기는 나에게는 너무 힘든 시기였다. 둘째 아이와 연년생이었고, 내 피아노 학원 학생이 60명 정도 있어서 더욱 힘들었다. 그때는 한국의 어린 학생들이 피아노를 배우는 것이 당연하던 시절이었다. 엄마는 우리 학원에서 걸어 가까운 곳에 살고 계셨다. 엄마는 아침에 오셔서 아이를 돌보고 오후에 댁으로 가시곤 했다. 그날 큰아이는 댁으로 가시는 엄마 뒤를 따라갔던 모양이다. 엄마는 뒤를 돌아보지 않으셨고, 이 아이는 할머니가 없어지자 한없이 가다가 길을 잃어버린 것 같다. 겨우 세 살 난 아이가 어디론가 사라져버릴 줄 꿈에도 몰랐다. 시간은 5시 45분 한여름이었다. 불길한 예감이 가슴을 치고 지나갔다. 이때 온 가족이 합세해 4시간 정도를 찾았으나 그 어디에도 아이는 없었다. 남편은 첫아들인 그를 무척이나 좋아했다. 정말로 점잖은 남자의 입에서 불만이 터져나오더니, 미친 듯이 내 탓이라고 길길이 날뛰었다. 다행인 것은 그 아이 가슴에 이름과 우리 집 '테버나클 피아노' 학원 이름, 그리고 집 전화번호를 손수건과 함께 가슴에 달아주었다. 누군가 전화를 해주길 기다릴 수밖에 없었다. 한여름인지라 해가 길어서 다행이었다. 어느새 12시가 넘어가자 우리는 미친 사람처럼 온 동네를 돌아다니다 집으로 와 전화만 기다리고 있는데, 모르는 전화가 뜨고 벨이 울렸다. 아주머니께서 아이 이름과 함께 피아노 학원 '테버나클'을 말씀하셨다.

그는 "너무 많이 걸어 피곤한지 지금 쌔근쌔근 내 품에서 잠을 자고 있어요" 했다. 그 어린 것이 너무도 멀리 가 있었다. 그 짧은 시간 동안 그 멀리 갈 수 있었는지 상상이 가지 않는다. 10년 감수한 탓으로 나는 그대로 쓰러지고 말았다. 잠깐 정신을 차리니 나는 병원이었다.

그 당시 남편은 호주대사관에 다니다가 그 사건 때문에 그 직장을 그만두고 내가 열심히 피아노를 가르칠 수 있도록 내 보조를 하면서 아이를 돌보았다. 남편은 음대를 가기 위해 이것저것을 배웠다. 유학하고픈 꿈을 이루기 위해서도 준비하고 있었다.

잃어 벌었던 둘째 아이

호주에 온 지 일주일 되던 날, 남편은 일하러 가고 나는 두 아이와 함께 '스트라스필드'로 쇼핑을 하러 갔다. 물건을 사고 돈을 지급한 후 돌아보니 둘째 아이가 감쪽같이 없어진 것이다. 그때 둘째 아들 나이는 겨우 두 살이었다. 아이를 잃어버렸던 트라우마가 남아 있던 나로서는 한순간 주저앉고 말았다. 사람들이 왜 그러느냐고 몰려들었다. 나는 아이를 잃어버린 경험이 있어 더욱 가슴은 꿍하고 공포로 몰려왔고 다시 용기를 내어 찾기 시작했다. 사람들도 그 아이를 찾고 도와주려고 애를 쓰고 있었다. 내가 가게 모퉁이를 돌자 내 아들은 건물 밖에서 쪼그리고 앉아서 공포에 질려 있는 얼굴이었다. 나를 쳐다보는 아이는 분명 나의 둘째 아들이었다. 그 아이를 보자 왈칵 눈물이 쏟아졌고, '엄마~' 하며 나를 향해 달려오는 순간 난 황금을 찾은 기분이 들었다. 나는 나의 두 팔 벌려 그를 보듬어주고 그제야 기쁨의 눈물이 펑펑 흘러내렸다. 다행히 그 아이가 멀리 가지 않고 가까운 곳에 앉아 있던 그 아이가 너무 현명하다는 생각이 들었다. 만약 엄마를 찾는다고 돌아다녔더라면 난 못 찾았을 것이다. 나는 둘째 아이에게 칭찬하고 꼭 안아주면서 멀리 가지 않고 앉아 있어 줘서 고맙다고 했다.

잃어버렸던 딸 아이

나의 딸은 어릴 때, 마치 인형 같아서 이웃 사람들이 늘 인형같이 귀엽다고 말하곤 했다. 호주에 와서 우리 한인들은 가끔 음식을 한 접시씩 만들어 자주 모임을 했었다. 그날 차로 운전해서 한 시간 동안 가야 하는 버큼힐이라 불리는 지역으로 가족이 함께 갔다. 주인 두 내외분이 인정이 많고, 특히 내 딸을 귀여워해 주시는 분의 댁이기도 했다. 나는 선물을 들고 내리자 주인마님이 나오셔서 인사하고 말하다 보니 남편은 아이들을 데리고 내렸는데 딸이 자니까 그냥 더 자라고 그대로 두고 내렸던 것이 화근이 되었다. 여러 사람이 모여서 서로의 안부를 물으면 대화를 하고 있을 때 그 댁 마님께서 인형 같은 아이는 왜 안 대리로 왔냐고 하셨다. 그때야 우리는 화들짝 놀라서 차에 가보니 이미 딸아이는 간 곳이 없었다. 아마도 그때 아이는 잠자고 일어나보니 아무도 없어서 무작정 걸어 어디론가 엄마, 아빠를 찾아간 모양이다. 이 집은 아주 크고 2층으로 되어 있어 밖에서 노크했다 하더라도 모르게 돼 있었고 작은딸이 겨우 4살이었다. 딸이 벨을 누르기는 키가 작았다. 우리는 차로, 혹은 걸으면서 아이를 찾아다녔다. 우리 때문에 그날 모임은 엉망이 되고 말았다. 조용한 마을을 떠들썩하게 딸아이의 이름을 부르면서 말이다. 그런데 그 어디에도 딸아이가 없다. 낯선 땅 낯선 마을에서 또다시 이런 일이 일어나니 황당하기만 했다. 영원히 못 찾으면 그 한을 어떻게 하나 부르르 떨리고 가슴은 미어졌다. 내가 왜 이리도 부족한지 눈물이 앞을 가렸다.

그리고 얼마나 시간이 지났을까 마음은 비통해졌다. 첫아들 때처럼 명찰도 이름도 달아주지 않았는데다가, 한국이 아닌 낯선 땅이고, 이 먼 곳에서 그 아이를 찾는다는 것은 더욱 막막하기만 했다.

갑자기 앞이 안 보이고 눈이 캄캄해지자 난 희망보다는 절망으로 온몸이 쑤시고 아파왔다. 증발하듯이 사라진 딸아이. 점점 희망을 잃어가고 있던 나는, 사건의 심각성을 느끼며 스스로 얼마나 고통스러웠으면 옛날 아이들을 잃어버렸을 때의 트라우마로 몸살을 앓고 있었다.

그때 고맙게도 이웃집 호주 할머니께서 그 아이를 보호하고 계셨다. 그녀는 그 아이가 예뻐서 안아준다고 하니 순하게 안기더라고 말해주었다. 그 아이는 엄마의 가슴이 새까맣게 타 숯으로 변한 것도 모른 채, 세 살 난 딸아이는 호주 할머니 품에서 쌔근쌔근 잠을 자고 있었다. 일곱 시간이란 긴 시간이지만 아이를 찾았으니 다행이었다. 가끔 아이 잃고 평생을 고생하시는 분들을 보면 너무나 가슴이 아프다.

슈바르츠의 시와 슈베르트 가곡 〈송어〉

슈바르츠는 자신의 작품(시)에서 '나는 언제나 시인이었다'고 고백한다. 독일문학의 선구자 중 한 명인 그는 살아 있는 동안 독자들로부터 끊임없는 탐구자로 사람들로부터 많은 사랑을 받았다. 그는 명성이 높은 비평가, 시인, 극작가, 오르가니스트, 교육자였다. 그리고 정치 분야에서도 폭넓고 탁월한 식견을 가지고 많은 업적을 남겼다.

슈바르츠는 자신의 인생 완성으로 모든 예술창조와 행동을 삶과 작품에 몰두하여 대작인 시에부터 한 편의 짧은 시에 이르기까지 삶을 일체화시켰다. 슈바르츠 시 〈송어〉는 슈베르트가 작곡한 가곡 중 한국에 가장 많이 알려진 가곡이다. 〈송어〉는 낭만주의 예술가곡답게 아주 우아하고 고상하며, 한편으로는 고요하고 아름다운 것이 특징이다. 작곡가가 가장 평온할 때 작곡한 음악이라 멜로디가 매우 평온하며 부드럽기까지 하다. 한국의 소설이나 시를 볼 때 물고기를 소재로 한 문학 작품은 드물다. 반면 오스트리아는 슈베르트가 슈바르츠의 서정시에 영감을 받아서 가곡 〈송어〉를 만들었다.

슈베르트가 지닌 음악적 이상과 슈바르츠가 가진 문학적인 이상은 음악적 영감으로 이어져 매우 조화롭고 위대한 예술작품으로 태어난 것이다. 어쩌면 음악가는 시인이고 시인은 음악가다.

그의 문학은 작곡가 슈베르트에게 음악에 대한 사랑의 감정을 고조시켰을 것이다. 문학과 음악이 어우러질 때면 먼 훗날 유토피아적인 희망과 확신을 인류에게 선사해준다. 문학과 음악은 본질에서 시간적 경험의 특성이 내재하여 있는 것으로 상호작용하며, 미적 체험을 형성하는 과정에서 감상이 진행된다.

'송어'인가 '숭어'인가

오스트리아 비엔나에 갔을 때 합창으로 송어를 들은 적이 있다. 가곡의 본고장에서 듣는 음악은 또 다른 느낌을 준다.

영어 사전과 독일어 사전에는 '송어'로 기록되어 있다. '송어'가 영어로는 'Trout' 민물고기이고, '숭어'는 영어로 'Mullet'이며 민물과 바닷물이 만나는 곳에서 산다. 한국어 사전에서 표기된 '숭어'는 잘못된 표기이고 '송어'가 맞는 표기이다. 일제강점기에 잘못 번역된 '숭어'가 지금까지 내려오고 있다. 중·고등학교 교과서, 합창곡, 그리고 유튜버 50개 이상이 '송어'를 '숭어'로 표기하고 있다. 더욱 놀라운 것은 한국의 유명한 바리톤 가수가 '숭어'라고 불렀다는 것이다. 서점에서 찾아본 결과를 보면 천재교육, 아침 나라, 교학사, 교학 연구사에서 발행된 모든 책이 '숭어'로 표기되어 있다. 더욱 심각한 것은 음악 교과서에서도 '숭어'로 표기되어 있고, 시집, 합창곡, 그리고 바리톤 성악가 혹은 많은 유튜버 역시 '송어'가 '숭어'로 아직도 표기된 것이 현실이다. 또한, 서울 모테트 청소년 합창단 5회 정기연주에서도 '숭어'로 노래를 불렀다. 이는 자라나는 청소년들을 위해서라도 국가가 개입하여 완전히 다른 '송어'와 '숭어'를 학생들의 바른 교육을 위해서라도 이른 시일 내에 올바르게 표기되기를 강력히 촉구했다. 진재광 교과서 평가연구실장에 말에 의하면, 교과서 편수자료에서는 '숭어'로 표기되어 있고, 2007년 판에는 '송어'로 바뀌어 표기되어 있다고 한다. 교과서가 '숭어'로 표기된 것이다. 하지만 2001년에 검정을 받고 2002년 3월에 발간된 '법문사'와 '현대음악출판사' 등의 음악 교과서에서는 '송어'로 표기되어 있다.

'송어' 반체제에 저항하는 정치 풍자시

    지금도 많이 보지만, 19세기에는 많은 예술가가 정치에 대한 불만을 그들의 문학 작품, 혹은 음악으로 불만을 표출했다. 작곡가 슈베르트가 죽음을 앞두고 쓴 시에는 시대의 저항의식이 담겨 있으며, 이것은 그의 음악에도 잘 나타나 있다.

    이 작품은 종합예술의 시대적, 정치적, 사회적인 상황으로 볼 때 슈바르츠의 서정시 '송어'는 시인의 정치적 신념을 표현한 정치 풍자시이다. 그 이유는 서정시를 쓴 슈바르츠(시인)가 정치인을 모독한 죄로 감옥에서 '송어'라는 시를 쓴 것이며, 기록에는 '송어 잡는 낚시꾼'을 '정치권력자'로, 그리고 '송어'를 '국민'으로 풍자한 반체제에 저항하는 정치 풍자시이기 때문이다. 시기상으로 볼 때 슈바르츠의 '송어'는 정치적 신념을 나타내고자 한 것이다.

예술가곡

　예술가곡이란 작곡가의 작곡과 시인의 서정시에 성악가가 부르는 가창이 함께 해야 하는 조건이 뒤따른다. 문학가 중에 독일 서정시인 괴테, 슈바르츠 그리고 뮐러의 시들은 가곡 작곡가들이 작곡하기 좋은 운율체계로 되어 있다. 슈베르트가 그들의 시에 의해 예술가곡이 창작된 것은 참으로 흥미가 있다. 시가 작곡가들에 의해 세팅되어 예술가곡으로 창작되고 태어난다. 이것은 그만큼 시가 갖은 매력이 풍부하다는 것이다. 성악가가 부르는 가창과 작곡가의 작곡, 그리고 시인의 서정시가 예술 장르로 이루어진 문화융합의 산물이 곧 이 작품인 것이다. 이것으로 본다면 '송어', '들장미', '보리수'는 예술가곡으로 문학적 가치와 충분한 조건을 갖춘 것이다.

　서정시를 소재로 한 오스트리아 작곡가 슈베르트 가곡의 음악창작 세계는 아름답다. 이들은 모두 자연을 위주로 한 서정시에 곡을 붙인 예술가곡이다. 슈베르트는 빌헬름 뮐러의 시를 좋아해서 가곡을 만들었다. 그 시가 유명한 '송어', '보리수'이다. 슈베르트는 괴테의 서정시 「들장미」도 가곡으로 만들었다. 그의 음악은 창조성, 가능성, 그리고 장르적 다양성이 좋다.

'송어'는 한국에도 슈베르트 그의 예술가곡으로 음악 전문서적과 중·고등학교 교과서에 빠짐없이 실려 있다. 작품 '송어'와 같이 그의 음악은 문학과 함께 살아 숨 쉬며 사실적으로 다가와 짜임새 있게 구성되었다는 것이다. 슈베르트의 작품에 창조적 가능성과 장르적 다양성을 분석하고 설명했다. 이는 성악가들에 의해 많이 애창되고 있으며, 슈베르트의 대표작이자 합창곡으로 알려져 있다. '송어'는 윤형주, 송창식, 김세환 트리오가 부른 것으로 잘 알려진 곡이다. 슈바르츠의 서정시를 소재로 한 슈베르트의 예술가곡 '송어'는 경쾌한 예술가곡이다. 그의 음악 작품은 여성적이면서도 깊은 적막함이 느껴진다.

슈베르트 작곡으로 창작한 가곡들은 슈바르츠의 서정시, 즉 문학을 이용해서 가곡을 완성했다는 점에서 흥미롭다.

문인들의 서정시와 슈베르트의 가곡 작품이 일반적이지 않다. 그의 주위에 전통적인 요소를 통해, 또한 문학을 통해 구조가 확립된 것이다.

문학과 슈베르트의 음악

19세기에 꽃피웠던 문학 없이는 예술가곡은 불가능한 것이다. 그러므로 19세기 음악은 매우 중요하다. 문학과 음악의 만남은 떼려야 뗄 수 없는 매력적인 소재의 결합이다. 문학 작품에서 영감을 얻어 작곡한 슈베르트의 음악과 작품은 그가 흠모한 괴테의 문학 작품 그리고 그가 즐겨 애송하던 시에 곡을 넣어 작곡한 빌헬름 뮐러의 서정시가 있다. 그의 시는 문학적, 언어적 요소가 가곡 가사에서 가장 잘 어울린다고 작곡가 슈베르트가 칭찬했다. 서정시는 슈베르트의 음악에서 중요한 요소이자 순수한 음악적 요소다.

슈베르트의 음악의 주제어는 이별과 그리움이다. 음악적 언어표현은 고향을 가고 싶은 그리움과 사모하는 것들이 작품 속에 있다. 그래서 슈베르트는 그의 서정시를 선호해 만든 많은 작품 가운데 하나가 〈아름다운 물레방앗간 아가씨〉이다. 작품 〈송어〉와 같이 그의 음악은 문학과 함께 살아 숨 쉬며 사실적으로 다가와 짜임새 있게 구성되었다. 이 두 예술의 문학적 관계와 창작 세계가 연결된다는 점에서 집중적으로 학생들에게 교육적으로, 성인들에게는 음악감상으로 흥미를 끄는 음악의 필요성이 요구된다고 본다. 문학이 음악에 미친 영향과 그 음악들의 특성에 주목한다. 문학과 함께 살아 숨 쉬며 시가 음악이되 사실적으로 우리에게 다가와 짜임새 있게 구성되어 있다는 것을 볼 수가 있다.

슈베르트의 900곡이 넘은 그의 음악 작품 중에 문학사에 많은 영양을 준 괴테의 작품들을 토대로 탄생한 슈베르트의 음악 작품 중에 '파우스트'에서 영감을 얻어 작곡한 '실 잣는 그레트헨'은 그 대표작이다. 슈베르트의 음악 작품 '마왕', '송어', '겨울 나그네' 등은 문학에서 큰 영감을 얻어서 작곡한 작품이고 문학과 음악의 조화로움이 함께하는 음악으로 만든 첫 번째 작곡가가 바로 그가 즐겨 애송하던 시에 곡을 넣어 작곡한 슈베르트이며 '가곡의 왕'이다. 슈베르트 음악에 소재가 된 이들의 문학 영향력과 가치는 크다.

나는 문학이 음악에 미친 영향과 그 음악들이 문학과 관련하여 특정 음악에 내재해 있는 문학적, 음악적 의미론을 발견하려는 것이다. 이것은 작곡가 슈베르트와 시인 슈바르츠, 그들의 웅장한 스케일과 그들의 작품들이 그것을 말해주고 있기 때문이다.

피아노와 가야금

한때 나도 가야금을 좋아해서 배웠다. 그러다 손가락이 불어터져 한동안 피아노를 못 칠 지경에 이르다 보니 가야금은 포기하고 피아노만 계속하고 말았다.

나는 피아노를 배울 때는 참 재미있게 배웠다. 나의 피아노 선생님은 무용의 일인자이신 문일지 선생님과 친구셨다. 그분은 가야금도 피아노도 잘하시는 분이고, 국립국악단의 단원이셨다. 내가 피아노 치러 갔을 때 친구는 가야금을 배우고 있었다. 그분의 음악 스튜디오는 단독 주택이었다. 피아노 개인 지도방, 그리고 가야금 개인 지도방이 따로 분리되어 있었다. 친구와 나는 개인지도가 끝나면 함께 앉아서 차를 마시면서 하고 싶은 말을 하는 대화 시간이 있어서 좋았다. 그 시간에 여러 가지 말을 자연스럽게 선생님에게 하곤 했다. 그 선생님은 귀티가 흐르는 여자, 여자인 내가 보아도 아름답고 고상한 여자였다. 어느 날 선생님은 문일지 선생님의 공연을 보는 관람권을 가지고 있다고 하셨다. 우리는 늘 이렇게 재미있고 의미 있는 시간을 그 선생님과 함께했었다. 선생님의 가야금 연주회도 피아노 연주회도 모두 무료로 들어가서 공연을 보는 것이었다 하지만 꼭 공연을 본 감상문을 쓰고 제출을 해야만 했다. 물론 나는 낮은 점수를 받았고 친구는 가야금을 잘 치고 알아서 늘 칭찬을 받았다. 선생님이 나와 함께 기장에를 가자고 해서 갔다. 그녀의 종교는 박태선 교리를 믿고 있었다. 그러나 친구는 그것을 미리 알고 가야금 연습한다고 가질 않겠다고 했던 것이었다. 나는 선생님과 함께 부산을 지나 기장이란 곳을 선생님 덕분에 가보았다. 그 후 우리는 피아노와 가야금을 함께 배우면서 많은 공연 하러 다녔다.

학위복

졸업이 다가와서 학위복과 학사모를 빌리려고 친구와 함께 UTS 본 빌딩으로 갔다. 졸업식 때 입을 가운을 빨리 입고 싶은 마음에 들떠 있었다. $140을 주고 모자와 가운을 빌렸다. 친구와 같이 졸업인데 졸업식 날 만나기로 하고 헤어졌다. 나는 버스를 타고 한잠을 잤다. 집에 와서 보니 무엇인가 허전하여 생각해보니 빌린 졸업 가운을 차에 두고 내렸다. 얼마나 놀랐던지. 만약 찾지 못하면 돈으로 물어주어야 했다. 잃어버릴 때는 비싼 돈을 물어내야 해서 고민을 많이 했다. 졸업식에 못 입을 수도 있다고 생각하면 아찔하다. 나는 다시 버스를 타고 종점까지 갔다. 그곳은 멀고도 멀었다. 차 종점은 문을 닫았고, 경비원 아저씨가 어떻게 왔는지 물었다. 안으로 들어가서 상황 설명을 했더니 기사님들께 전화하셨다. 그러나 알고 있는 기사님이 없었다. 나는 다음 날 다시 버스 종점으로 가서 상황 설명을 다시 했다. 내가 몇 시 몇 분에 부로더워이에서 탄

차를 말했더니 그 기사님이 사무실에 맡겼다고 했지만, 불행하게도 안에는 없었다. 그리고 나는 그 담당자가 올 때까지 기다릴 수밖에 없었다. 그곳에서 기다림으로 온종일 시간을 보냈더니 드디어 담당자가 나타났다. 그 옷은 주인이 없어서 처리하기 직전에 있다고 그녀는 말했다. 나는 졸업식에 온 친구에게 말을 했다. 우리는 깔깔대며 웃었다. 그 옷을 찾고 보니 얼마나 기쁜지 날아갈 듯한 기분이었다. 그리하여 졸업식을 무사히 마치고 가운을 돌려주고 왔다.

LA 공항에서

: 당나귀를 팔러 가는 아버지와 아들처럼

1978년 10월 나는 LA 공항에서 한참을 법무부 출입구를 통과하지 못하다가 내 얼굴의 점으로 인해 긴 터널을 통과할 수 있었다. 나는 오른쪽 위에 큰 검은 점이 하나 있다. 이 점으로 큰어머니가 부자 되는 점이라 했고, 아는 지인은 눈물점이라고 했다. 동화에서 당나귀를 팔려고 시장가는 아버지와 아들에게 벌어지는 일화처럼, 아버지와 아들은 사람들 말에 따라 행동하다가 결국은 당나귀를 매고 가는 어리석음처럼 나는 눈물점이라는 말에 귀한 점을 뺐다. 산후 우울증 때 많이 울었더니 지인이 눈물점이라고 했다. 큰엄마의 말씀, 큰 부자가 될 거라는 말을 뒤로한 채 말이다. 영화나 드라마를 보면 점은 많은 쟁점이 되어 왔다. 나에게도 이 점은 뜨거운 감자였다. 나는 큰어머니 댁에 방문할 때 자주 듣던 이야기는 바로 이 점이다.

"너의 그 점은 큰 복점이니 잘 간직하거라!"

"큰어머니! 왜요?"

"우리 삼촌이 큰 부자인데 너와 똑같은 점이 있으니 너도 큰 부자가 될 거야, 절대로 빼지 말아라!"

"정말 큰엄마!"

"너! 큰엄마! 못 믿어! 사진 봐라!"

사진을 보여주셨는데, 점 위치가 똑같다. 그 남자는 엄청난 부자였고, 억만장자였다. 그래서 나는 그 점의 위력을 늘 생각했다. 그 말씀은 나를 크게 움직였다. 나는 늘 그 점이 나를 부자로 만들어 줄 것으로 기대를 하고 있다. 내 마음과 가슴 깊은 곳으로 자리 잡아 그 무언가를 지탱하고 심지가 되어 주었다.

1978년 10월 나는 LA 공항에서 있었던 사건은 미국을 간다고 신이 나 있던 남편의 기분을 망친 것 같아 미안했다. 그날 성질 급한 남편은 가만히 있지 않았다. 본인은 통과하고 내가 통과하지 못하니, 남편은 몸이 달아했다. 나에게 1, 2, 3, 4번으로 가라고 손가락으로 이리저리 가리켰다. 나는 4번째, 5번째 출입구로 갔지만 모두 통과하지 못했다. 문제는 더욱 심각해져 결국은 한국으로 돌아가야 했다. 과히 생각지도 못했던 일이 일어난 것이다.

문제는 여기에 있다. 그 당시는 내 여권은 98kg 몸무게로 여권 사진이 붙어 있었고, 나는 살을 뺀 상태로 58kg이었으니 완전히 다른 사람이라고 출입구 관리소에서 판단하고 나를 다른 사람이라고 통과를 못 하게 한 것이다. 지금이야 과학기술이 발달해 공항에서 앞면 기계로 모두 다 처리해서 젊은 사람들은 무슨 말인가 하겠지만 1978년 그때는 법무부 업무 데스크에서 나란히 직원들이 앉아서 여권을 점검하고 통과했다. 잠시 후 한 직원이 나에게 오라고 손짓을 했다. 나는 5번째 직원 앞으로 갔다. 그 사람은 마음씨가 좋게 보였고 인상도 서글서글했다. 그는 나를 앞에 세워놓고 나를 보고 여권을 보고, 다시 나를 보고 여권을 보고, 그 점을 본다. 그가 감각과 매의 눈으로 나를 관찰했고 발견한 것이다.

"당신은 여권과 동일 인물이요!"

내 얼굴에는 점이 있었고, 그 여권에서 그 점을 발견했던 것이었다. 그는 미소를 짓더니 "Congratulations"하지를 않는가! 다행히 그 점이 선명하게 있었다.

점 하나의 증거로 무사히 통과했던 LA 공항! 그는 미소로 짓더니 다정한 목소리로

"Do not worry, Be Happy!!!"

나는 정말 그에게 감사했다. 그의 선한 얼굴을 쳐다보고는 갑자기 눈물이 쏟아졌다.

나는 내 경우가 꼭 한국 전래동화 '당나귀를 팔러 가는 아버지와 아들'처럼 어리석은 사람이라고 생각되어 웃고 말았다. 그날 내 턱밑에 있던 점이 나를 그 무시무시한 LA 공항을 통과시켜 주었고 살려주었다. 그 점은 큰 엄마 말씀대로 부자가 아닌 긴 터널을 통과시켜 준 복점이었다. 생각하면, 참 우습다.

나는 심한 우울증으로 고생했다. 지인 중 누군가가 나에게 그 점이 눈물점이라서 이런 우울증이 생겼다고 꼭 **빼**라고 해서, 결국

나를 데리고 가서 눈물점을 뺐다. 그때 아마 큰어머니가 있었더라면 혼났을 텐데. 그분은 이미 고인이 되셨다.

편집성 성격장애자

요즈음 편집성 성격장애자가 윤리와 도덕적으로 현대인들에게 점점 이슈화되어 가고 있다. 이는 무서운 범죄자 중에는 편십성 성격장애가 사회와 학교에 새롭게 등장하고 있기 때문이다.

나아가서는 점점 심화되어 큰 쟁점이 되고 있다. 오래전에 내가 상담했던, 한 여자의 성격과 행동을 통해서 편집성 인격(성격)장애인의 특성을 알아본다. 그들이 환자라고 이해하고 연민의 정으로 그 사람이 아픈 사람이라고 생각하면 인간관계가 편해진다.

편집성 인격(성격)장애 PPD*는 하나의 정신질환으로 상대가 자신에게 피해를 주지 않았음에도 불구하고 늘 타인이 자신에게 악의를 가지고 있다고 근거도 없이 의심하거나 오해하는 증세다. 이러

---

* 독일의 저명한 정신의학자 쿠르트 슈나이더(Kurt Schneider)가 발표한 PPD(paranoid personality disorder) 학술 자료이다.

한 장애를 가지고 있는 사람들은 대부분 어릴 때 가정이 불행한 경우라고 한다.

내가 상담했던 한 여자를, 지금의 그녀 남편은 그녀가 좋아서 결혼했다고 한다. 그녀는 싫은데 남자 쪽에서 죽으라고 따라 다닌 경우다. 그녀의 인성은 좋지가 않고 편집성 성격장애를 앓고 있다. 여자가 잘난 것 없이 뽐내는 바람에 교만하다고 사람들은 말했다. 자신에 대해 자부심이 강한 인격자인지라 친구가 많이 없다. 결국, 그들은 이혼하고 말았다.

그녀는 어린 시절 엄마 없이 부모의 따뜻한 사랑을 못 받고 자라 가족 간의 갈등이 커져 상대를 의심하고 근거 없이 불신하여 편집성 인격(성격)장애의 특징이 있다. 남편을 못 믿고 의심하며 결혼하고 자주 싸웠다고 했다. 그녀와의 데이트 때는 괜찮았으나 남편은 결혼 후 그녀 때문에 하루가 멀다고 싸움을 하는 편이다. 그녀는 그뿐만 아니라 공격적이고 악의적인 부분이 많아 이웃과도 말다툼 하는 바람에 이사도 여러 번 했다. 딸에게도 학대적이고 결속양육 경험으로부터 심리적 장애로 되어 사회에 대한 불만이 남다르다.

이 여자의 특징은 주위 사람을 의심과 불신하는 것이 특징이다. 다른 사람에게 받아들일 수 없는 생각과 충동을 투사한다. 마치 〈007〉 영화에 나오는 사람들처럼 타인을 의심하고 자기의 적이라고 늘 생각한다. 이 여자는 친구나 가족 그리고 타인과 주변 사람에게 계속 갈등을 경험하기에 스트레스 속에서 권모술수의 대표적인 사람이다. 그녀는 공포증, 우울증 강박 장애, 알코올중독, 나아가서는 자살도 시도한 적이 있다. 편집성 인격 장애 PPD의 특징과 증상은 한쪽으로 편집되어 있어 자기 생각에 빠져 있다.

이 여자는 다른 상대방이 본인에게 해를 끼치고 기만한다고 밀어붙이는 등 근거 없는 의심에 사로잡혀 신뢰에 대해 의심을 한다. 이 여자는 내가 상담한 환자 중에도 상대방을 화내게 만들고 집착하는데, 호기심이 강하다. 그녀는 이와 같은 패턴이 반복된다. 그 여자는 어느 모임에서도 피해망상이 심해 자신이 자율성을 위협당하고 있다고 생각한다. 사람들은 계속 경계했으나 그 여자 자신은 모른다. 어떠한 정보나 알림이 잘못되어 본인에게 올 수도 있다는 의심하고 친구나 주위 사람을 매우 경계하여 비밀을 털어놓기를 꺼리는 타입이다. 그녀는 절대적으로 자신의 비밀은 말하지 않는다. 과소 발달로 늘 불안하게 되고, 반대로 과잉 발달로 경계성과 의심이 많아 평온이 적다. 시간이 지나도 달라지지 않으며 접근하기 힘들 상대의 유형이다. 악의 없는 언급을 사건의 품위 손상으로 잘못된 두려움을 늘 가지고 있다. 그녀는 몇 년 동안 보아도 남을 용서하지 못하고 지속해서 원한을 가지고 끝까지 간다. 조그마한 일에도 반격을 잘하는 인격자이다. 본인은 항상 근거로 대응하고 상대를 공격한다. 한쪽으로 치우친 생각 때문에 가정 파탄의 원인이기도 하다. 가끔 우리 모임에서 농담과 유머를 하면 받아들이기가 쉽지가 않다.

친구 삶과 미원 맛

내 친구는 자신의 친구를 데리고 시드니에 와 한 달을 우리 집에서 살았다. 나에게 그 친구는 내 안방을 내어줄 정도로 좋은 친구였다. 올 때는 엄청난 선물을 가지고 왔다. 명란젓, 갈치 젓갈, 멸치 그리고 오징어 등등. 그리고 가끔 한국에서 한국 옷을 큰 박스로 가득히 보내주곤 했다. 그날은 한국에서 함께 온 다른 손님 3명이 더 있었다. 이들은 방학을 이용해 시드니에 온 조카들이었다. 그녀의 아들도 방학, 조카들도 방학이라 어쩔 수 없었다. 그때 다행히 우리 집은 버우드에 있었고 방이 9개가 있어 다행이었다. 그런데 문제는 음식이다. 나는 음식에 미원을 전혀 안 쓰는데 한국에서 온 손님들은 미원이 없으면 맛을 모르는 것이었다. 계속 미원을 찾았지만, 이번 기회에 미원을 끊으라고 나는 무시해 버렸다. 놀라운 것은 그 다음 해에 다시 우리 집에 왔을 때 밥 먹을 때마다 나도 모르게 무엇인가를 국에 넣는 것을 보게 되었다. 나중에 알고 보니 미원이었다. 큰 병에다 미원 한 병을 가지고 온 것이다. 뉴스를 통해 한국의 한 식당에서 갈비탕에 미원을 국자로 퍼 넣은 장면을 본 적이 있는데, 미원 맛에 길들어지면 그럴 만도 하다는 생각이 들었다. 그녀의 남편은 여성 옷 전문인 모 회사 5개를 운영하는 사장님이다. 그리고 그녀는 명동에 대리점 2개, 그리고 수원에 대리점 4개, 총 6개를 운영했다. 그녀가 그렇게 오랫동안 호주에 머무르는 것은 아들 유학 핑계였지만 사실은 남편이 바람을 피워서였다. 남편은 본처 앞에서도 상관 여자를 데리고 올 정도로 속을 썩였다. 시어머니는 날마다 따끈한 밥 삼시 세끼를 올려야 했고 남편 역시 같았다. 나는 그녀의 집에 갔다가 그녀의 삶을 알게 되었다. 나와 가족은 일본 여행을 끝나고 한국에서 며칠 머무르게 되었다. 나는 가족을 모두 호주로 보내고 혼자 남아 그녀 집에 머무르며 한국 여행을 하기로 했다. 그때 나는 너무 놀라고 말았다. 친구는 강남에 유명한 아파트에 살고 있었다. 집에 들어서자 집안의 가구로는 모두 이태리제로, 집은 여기저기 유리가 깨어져 있었고 난장판이었다. 나는 무슨 영문인지 몰라서 어리둥절해 있을 때 친구는 말했다.

"며칠 전에 아침에 미역국을 끓여서 아침상에 올렸다. 그날 몸이 아파서 점심상에 같은 미역국을 모처럼 상에 올렸다. 그런데 밥상을 그대로 유리를 향해 던져버렸단다!"

친구는 그때부터 시모와 남편에게 고분고분하지 않기로 하고 가구들을 고치지 않고 그대로 두었다는 것이다. 게다가 그녀의 안방 벽에는 "현숙아! 사랑해!"라고 쓰인 친구 남편의 사인이 있었다.

남편의 애인 이름이란다.

"왜? 지우지!" 했더니

"무슨 난리 꼴을 보려고 지워!" 했다.

나는 그 친구가 이해가 되지 않았다. 이제는 그렇게 살고 싶지 않다고 하고 반란 기념으로 가구를 고치지 않고 두겠다고 했다. 사실 친구 남편은 정말 미남이었다. 친구는 뚱뚱하고 예쁘지는 않았다. 이런 스트레스 때문인지 친구는 유방암, 자궁암 등의 병으로 고생했다. 수술도 여러 번, 그녀는 가발을 쓰고 유학한 딸, 아들, 미국과 호주를 오가면 자식 유학을 시켰었다. 우리는 속초에 있는 그녀의 콘도로 놀러 가서 멍게 알을 처음으로 많이 먹어보았다. 그날 밤에 우리 3명은 웃음바다로 잠을 못 잤다. 암 수술을 하고 생리현상인 방귀가 나와야 좋다고 했다. 그런데 그날 밤에 잠을 자지 못할 정도로 생리현상은 계속되었다. 연속된 그 소리에 우리는 깔깔거리며 웃었다. 하지만 냄새에 예민해 세파트 코를 가진 나는 도저히 잠을 잘 수가 없었다. 그 다음 날 유명한 먹거리를 찾아다녔다. 차에서 잠을 조금 자고, 우리는 맛있는 것을 먹으면서 유명한 여행지를 돌아다녔다. 나는 즐거웠다. 그런데 호주로 돌아간 가족은 나의 빈자리 때문에 빨리 들어오라고 한다. 그래서 바로 호주로 돌아왔다.

얼마 후 친구들이 호주로 왔다. 그녀의 아들이 유학생으로 호주에 유명한 마샤 다 유대인 고등학교에 시험을 쳐 합격했다. 하지만 그녀의 아들은 하숙집 여학생 딸과 사랑에 빠졌다. 그 사실을 친구는 아들의 일기장을 보고 알게 되었다. 나는 그 일로 교장, 학부모 인터뷰 등 통역을 해주어야만 했다.

친구의 아들은 어렵게 졸업했고, 대학은 한국으로 갔다. 세월이 흘러 그녀는 그의 친구와 뉴질랜드를 갔다가, 우리 집에 와서 앉자마자 아들의 전화를 받았다.

"엄마 급하게 한국으로 와! 아빠가 심장마비로 쓰러져서 서울대병원 응급실에 있어!"

친구는 급히 한국으로 갔다. 얼마 후 친구의 남편은 퇴원은 했지만, 전신 마비로 팔다리를 못 쓰기에 되어 경기도 용인에 자신의 집을 마련해서 혼자 산다고 했다. 다행히도 모든 재산은 친구 이름으로 되어 있어 그녀 마음대로였다. 그리고 파출부 아주머니가 일주일에 몇 번 와서 일해준다고 했다.

그녀의 모든 일을 아는 나는 남편의 갑작스러운 심장마비는 인과응보라고 생각했다. 바람피우는 남편의 말년이 저렇구나!

음악 선생님

피아노를 잘 치는 남자가 있었다. 그는 와일드하고 강하기까지
한 내 고등학교 음악 선생님이었다. 도대체 '저런 분을 키운 분은
누굴까!' 하는 생각까지 했다. 천연은 음악 선생님 말고는 그렇게
피아노를 칠 사람이 없다. 시큰한 말투 때문에 더 매력이 있다.
그는 당당해 보이는 태도에 비해 피아노를 칠 때는 우아하고 아우
라가 넘쳤다. 음악 선생님은 훤칠한 키에 오뚝 솟은 콧날이 매력적
이었다. 그렇게 멋진 미남 선생님이 우아하게 앉아 피아노를 칠
때면, 나는 두근거리는 마음에 숨조차 쉴 수가 없었다. 음악 선생님
은 바흐의 소나타 중에서도 〈G 선상의 아리아〉를 자주 연주하셨다.
이 곡은 가을의 나뭇잎이 단풍 되어 우수수 떨어지면서 어디선가
인생의 첼로 소리가 들리는 듯한 소리, 특히 밝은 이 곡을 점심시간
과 음악 시간에 자주 들려주었다. 그때마다 교실과 교정은 온통
희망으로 출렁거렸다. 때로는 격정적인 움직임으로 우리의 혼을

쏙 빼앗아갔다. 그의 청아한 건반 소리는 천상의 화음이 되어 미래의 꿈으로 피아니스트를 한 번쯤 꿈꾸게 해주기에 충분했다. 그가 연주하는 〈G 선상의 아리아〉, 어찌 그리도 그윽한지 늘 하얀 눈이 되어 꿈속에서도 들려오던 천상의 곡이다. 하얀 건반 위로 현란하게 움직이는 그의 손은 마법사의 손 같았고, 피아노에 매료되어 '어떻게 저럴 수가 있지?' 하고 감탄했다.

그쯤 되는 연주이기에 내게는 늘 경쾌한 멜로디와 아름다운 화음의 피아노 소리로 들려왔다. 그가 연주할 때면 악보도 없이 피아노와 한 몸이 되어 내 몸이 온통 건반에 녹아드는 듯했기 때문이다. 그 모습에 감동한 적이 한두 번이 아니다. 이 곡을 듣고 나도 저렇게 다른 사람의 마음속에 들어가 뛰어놀 거야! 천연은 음악 선생님 말고는 그렇게 피아노를 칠 사람이 없다는 걸 깨닫곤 했다.

어느 날 나는 친구들과 감자를 갈아서 돌솥 뚜껑에다 팬케이크처럼 구워 먹는 놀이를 하다가 집에 불을 내고 말았다. 이웃집 할아버지의 "불이야! 불!" 하는 소리에 가족들이 마당으로 나갔을 때는 새벽 3시, 이미 곡간에 추수해서 갈무리해 놓은 쌀과 곡식들은 다 타고 집은 불길에 걷잡을 수 없이 타들어 가고 있었다. 다행히 가족은 모두가 무사했다.

우리 식구는 신발도 없이 맨발로 큰댁으로 피신해야 했다. 그나마 막내는 짝짝이 신발을 신고 있었다. 나는 순간 가슴이 철렁했다. '메뚜기도 한철인데' 하며 철없이 피아노를 사 달라고 했다. 모차르트는 6살에 피아노를 배웠는데 "이미 나는 늦었어." 하며 날마다 음악이라는 혁명이 나의 마음을 움직인다. 그러나 그때를 놓치면 안 되는 일념에 방과 후 교회로 들어가 발판을 내려 소리를 작게 해 놓고 피나는 노력과 연습 그리고 시간과 싸움을 했다. 그리고 온 힘을 다해 다른 것들은 벗어 던지고 음악 속으로 성큼성큼 걸어 들어갔다.

세월은 흘러, '피아노 개인지도를 계속 받았다. 그러다 보니 더 음악이 좋아서 피아노 사달라고 엄마를 못살게 굴었다. 매도 맞았지만 소용없었다. 주변 여건은 다 내 맘 같지 않았다. 학교를 마치고 힘없이 집으로 가려는데, 어디선가 경쾌한 멜로디와 아름다운 화음의 피아노 소리가 들려왔다. 선생님은 내가 피아노로 삶을 지탱해 가는 모습을 좋아했다. 어린 나이에도 불구하고 나는 비가 오나 눈이 오나 빠짐없이 열심히 배우는 고집스러운 아이였다. 엄마는 약속을 지켰다. 음악 과목에 좋은 점수를 받으면 피아노를 사주시겠다'라는 그 약속, 나는 피아노를 가지게 되었다. 이것은 나의 향방을 바꾸게 할 만큼 삶의 활력이 되었다. 더구나 삶의 의미가 되어 목표가 보였다. 삶의 의미가 있으니 마냥 행복했다. 점점 차오르는 희망에 부풀어 피아노 연습에 박차를 가했다. 하늘을 향해 음의 화살을 쏘아댈 때마다 나를 태우고 또 태웠다. 그 활활 타오르는 음악의 불길은 잡을 수가 없었다. 나는 아득히 나에게 숨어든 피아노로 그 곡을 치고 노래하며 벅차오르는 가슴으로 피아노의 검은건반과 흰건반으로 대서양을 건너고 있었다. 피아노와 함께 4분의 3박자의 왈츠 곡에 춤추고, 도레미 3화음의 곡을 타고 아름다운 음악 세계에서 피아노를 치는 나를 상상했다. 그러나 그것은 승리욕 때문만은 아니었다. 피아노를 멈추면 내 삶이 멈추는 듯한 느낌 때문에 레슨을 계속 받았다. 그때쯤 나는 체르니 40번을 치던 때라 일주일에 한 번의 개인지도로는 힘겹기만 했다. 음악은 나에게 그러한 존재였기에 늘 경쾌한 멜로디와 아름다운 화음의 피아노 소리로 들려왔으리라.

그래서 그 메뚜기 선생님은 늘 이 곡을 즐겨 쳤을까? 언제 들어도 아름다운 음악 고향의 냄새를 맡으면 날 추억으로 몰고 가서 늘 푸르게 하는 곡. 내 인생도 늘 푸르면 좋으련만!

인도네시아인 제니

: 빌라우드

제니, 그녀는 인도네시아에서 가족을 두고 호주로 왔다. 남편에게는 영주권을 받아서 올 테니 기다리라 하고 왔다고 했다. 나는 그녀의 마인드가 좋은 것인지 나쁜 건지 아리송했다. 처음 그녀를 만났을 때는 어느 커뮤니티 모임에서였다. 제니는 항상 생각에 잠겨 땅을 보고 걸었다. 그녀가 근심과 수심이 많아 보여서 늘 안타까웠다. 내가 항상 땅을 보고 걷는 이유를 물었더니,

"어서 빨리 영주권 받아서 인도네시아 가족을 데리고 와야 해서 생각이 깊다"라고 했다. 그래서 그런 생각 때문에 그렇게 고민하면서 걷다 보니 습관이 되었다고 했다. 몹시 안타까운 일이었다. 나는 그녀를 여러모로 도왔다. 호주 영주권이 없는 제니는 많은 날을 호주에서 살기 위해 노력했으나 결국 영주권을 받지 못하고 '빌라우드 수용소'에 몇 개월째 수용되었다. 불법 체류자로 들어가게 된 것이다. 그녀는 시간을 벌기 위해 호주 안에서 난민신청(on shore)

을 했다. 빌라우드는 호주에서 유명한 이민 수용소이다. 제니가 도와 달라면서 빌라우드 수용소에 면회 좀 와 달라고 했다. 수용소까지는 먼 거리여서 차를 운전하고 갔다. 수용소 안으로 들어가는 길은 험난했다. 들어갈 때 절차가 매우 까다로운 관계로 한참 만에 수용소에 들어갔다. 나는 이민 수용소를 방문하는 게 무섭고 겁이 났다. 그런 곳이 처음인 나에게 그녀는 나를 보고 구세주라도 온 듯 기뻐하면 눈물을 흘렸다. 그녀는 어쩌면 오늘 안으로 추방될 수도 있다는 것이었다. 그녀는 아무도 찾아주지 않은 수용 서에 생활이 힘들었던 그녀였기에 나를 본 그 자체가 기쁨이었나 보다. 제니는 왜소한 체구를 가진 할머니로 보이는 여자였다. 불법으로 체류하다가 잡혔기 때문에 앞길은 험난했다. 그날 가지고 간 음식을 풀어놓고 함께 먹었다. 잔디 위에 의자를 놓고 앉았더니 그녀는 마음속에 모든 것을 토해내듯 억울함을 나에게 토해냈다. 시민권자인 나보고 도와 달라고 애원했다. 조용히 듣고 있던 나는 눈물이 났다. 그 순간 간수로 보이는 사람이 면회 시간이 5분 남았다고 했다. 나는 제니를 안아주었다. 딱한 그녀의 사정은 안타깝기만 했다.

어느 날 그녀는 전화해 불안하고 힘들다고 호소했다. 그녀 때문에 몸살이 날 정도로 그녀의 삶은 안타까웠다. 제니는 수용소에서는 무슨 일이 일어날지 알 수가 없기에 불안하니 제발 도와 달라고 했다. 그 안에서 희망이 보이지 않은 사람들은 자살하는 사람도 있다고 했다. 그로부터 3개월이 지나고서야 제니는 영주권을 받아

정부의 도움으로 좋은 정부 집도 가지고 살아간다. 가끔 나도 땅을 보면서 생각에 잠겨서 걸어가다가 갑자기 제니의 우울한 모습이 생각이나 다시 씩씩하게 걸어간다. 그것을 보면 호주는 불쌍한 사람들에게 많이 베푸니까 그렇게 많은 축복을 받으며 잘 살지 않을까 하는 생각을 늘 했다.

어린이집

요즈음 한국에 어린이집에 선생님들의 아동학대는 많은 문제로 사회 문제로 된 지 오래다. 얼마 전에는 어느 유튜브에서 어린이집에 어린이 학대 비디오를 보았다. 보육 선생이 갓난아기를 잠자지 않는다고 많이 때리고 던지더니 나중에는 베개로 눌러 숨을 못 쉬게 하는 장면이 있었다. 아기 엄마는 그것도 모르고 있다가 아이가 보채고 울고 해서 나중에 알고 보니 그런 무시무시한 일이 있었다. 그것을 보는 부모의 마음은 어땠을까 생각하니 미안하기까지 했다.

이런 비디오를 볼 때면 나는 오래전 막내 아이가 어린이집에서 겪었던 일을 생각하니 가슴이 미어졌다. 그 아이에게 너무 미안해 가슴이 아프다. 40년 전에 아이를 데리러 어린이집에 가니 앞니가 두 개나 빠졌다면, 그것을 아이 잘못으로 돌렸었다. 아이가 미끄럼 타다가 넘어졌다 했다. 그때는 CCTV가 없어서 내 막내 아이는 어떻게 다쳤을까? 지금 와서 생각하니 의문점이 한둘이 아니다. 그 아이의 몸을 여기저기 다쳐서 왔던 것을 보면서 많이 억울해했던 적이 있었다. 생각해보면 어린이는 내가 사랑을 주면서 집에서 길러야 했었는데 현재의 삶이 그렇게 되지 않다 보니 이런 사고는 어머니들의 아픔으로 다가온다. 나는 지금도 그 아이의 웃는 모습만 봐도 그때의 일이 트라우마로 남아 있다.